Stefan Gemmel

Lucas und der Zauberschatten

Stefan Gemmel

LUCAS
UND DER ZAUBERSCHATTEN

Mit Illustrationen
von Timo Grubing

Baumhaus

MIX
Papier aus verantwortungsvollen Quellen
FSC® C014496

Originalausgabe

Dieses Werk wurde vermittelt durch die Literarische Agentur Castlegate Agency, www.castlegate-agency.com

Umschlaggestaltung: Thomas Krämer unter Verwendung
einer Illustration von Timo Grubing
Satz und Innengestaltung: Helmut Schaffer, Hofheim a. Ts.
Gesetzt aus der BerkeleyOldStyle
Druck und Einband: GGP Media GmbH, Pößneck

Printed in Germany

ISBN 978-3-8339-0598-8

5 4 3 2

Sie finden uns im Internet unter www.baumhaus-verlag.de
Bitte beachten Sie auch www.luebbe.de

Kapitel 1

»Och nö!«

Wer hatte eigentlich diese Tage erfunden, an denen wirklich alles schiefging?

Erst als Lucas der Deckel seiner Wasserflasche aus den Händen fiel, auf die Schuhe sprang und von dort munter in den nächsten Gully hüpfte, bemerkte er, dass er heute Morgen zwei verschiedene Schuhe angezogen hatte. Nicht etwa zwei verschiedene Strümpfe, was an sich ja schon peinlich genug gewesen wäre. Nein, es waren gleich zwei verschiedene Schuhe. Er beschloss seine roten Sneaker zu Hause nicht mehr neben die blauen Jogging-Treter zu stellen. Dann würde er auch ab morgen nicht mehr wie ein bunter Hund in die Schule gehen. Ab morgen!

Das Ganze hatte beim Frühstück schon angefangen. Erst hatte ihm seine kleine Schwester ordentlich in den Kakao geniest, woraufhin Lucas vor Schreck das Brötchen aus der Hand geflogen war. Aber es landete nicht auf dem Boden, sondern auf der Krawatte seines Stiefvaters, der wohl gerade heute einen wichtigen Termin hatte und das neue Butter-Marmelade-Muster auf seinem Schlips nicht zu schätzen wusste.

Auf dem Weg zum Schulbus sah Lucas auf einer Wiese mehrere Äste, die sich wie kleine Wesen bewegten. Das lenkte ihn so sehr ab, dass Lucas einen Bordstein übersah und sich der Länge nach hinlegte, was natürlich seine Schwester Nele und ihre Freundinnen mit ansahen. Ihr Gelächter hatte er noch immer im Ohr.

Und nun das: Wasserflasche ohne Deckel und dazu Schuhe, die aussahen, als sei eine Fabrik für Nationalflaggen in seiner Nähe explodiert. Hoffentlich bemerkte das niemand in der Klasse.

Vor der Schule wartete er deshalb, bis die Schulglocke zum letzten Mal läutete. Kurz darauf waren fast keine Schüler mehr auf dem Schulhof zu sehen, und Lucas konnte blitzschnell über den Hof rennen und die Eingangstür zur Schule aufdrücken.

Das Lachen, das er aus der oberen Etage hörte, ließ ihn allerdings sein Schuhproblem schnell vergessen. Es war kein freundliches Lachen, das er hörte, sondern ein ziemlich gemeines Lachen. Und so beschlich Lucas eine Ahnung, dass die Probleme des heutigen Tages wohl noch lange nicht enden würden.

Als er die oberste Stufe erreichte, wurde ihm klar, woher das fiese Lachen kam: aus seinem Klassenraum. Als er die Klassenzimmertür erreichte, blieb ihm vor Schreck fast die Luft weg: Martin, einer seiner Mitschüler, war mit dem Hinterteil in den Papierkorb der Klasse gezwängt worden. Er war so eingequetscht, dass er sich nicht aus eigener Kraft befreien konnte. Und rundherum standen alle Mitschüler, lachten sich darüber schlapp und machten Fotos mit ihren Handys.

Lucas stürzte vor und wollte helfen, doch er wurde von Noah so heftig zur Seite gestoßen, dass er gegen die Wand donnerte.

»Lass ihn noch ein bisschen sitzen!«, lachte Noah. Doch nicht nur das. Er sah Lucas auf eine sehr merkwürdige Weise an. Auch die anderen wandten sich allesamt von Martin und dem Papierkorb ab und blickten zu Lucas.

»Oh, wir haben wohl eine Entscheidung!«, brüllte Noah.

Lucas stieß sich von der Wand ab. »Entscheidung?«

Bevor Noah etwas antworten konnte, trat Emma einen Schritt vor. »Du bist

nominiert!«, schrie sie begeistert, und die ganze Klasse klatschte laut Beifall.

Lucas kam sich vor wie in einem Traum, in dem man es nicht erwarten konnte, endlich aufzuwachen. »Ich verstehe kein Wort«, sagte er, ahnte aber schon, worum es hier wirklich ging.

Und tatsächlich, Noah erklärte es ihm in einem Wort und bestätigte damit Lucas' Verdacht: »Challenge!«, rief er über die lachende Klasse hinweg. Allerdings sprach er es »Schällänsch« aus, was irgendwie idiotisch klang. Und das war es ja auch.

»Das ist doch idiotisch«, antwortete Lucas daher. »Diese Challenge nervt doch nur noch.«

»Quatsch, das ist cool!«, rief einer aus der Gruppe.

»Das war mal cool«, widersprach Lucas. »Jetzt ist es nur noch idiotisch.«

Noah kam wieder auf ihn zu. »Wieso? Was hast du denn?«

Lucas suchte nach den richtigen Worten. Anfangs hatte er diese Challenge ja auch spaßig gefunden. Damals, als es darum ging, dass jede Woche ein anderer Mitschüler einem Lehrer einen Streich spielen musste. Angefangen hatte alles mit Achmed, der vor einer Mathestunde alle Namensschilder vertauscht hatte, die auf den Tischen geklebt hatten. Ihre Vertretungslehrerin hatte eine ganze Doppelstunde gebraucht, um herauszufinden, warum sich alle schlapp lachten.

Zu Beginn gab es auch witzige Einfälle: Achmed nominierte

Lara, die in der darauffolgenden Woche die Kreidestücke für die alte Tafel an der Seitenwand durch identisch aussehende weiße Lakritzstücke ersetzte. Sie nominierte Luis, der alle Kabel des Smartboards versteckte. Danach folgte ein Schild am Smartboard, auf dem stand: »Außer Betrieb«, was die Lehrer über eine Woche daran hinderte, ihren Unterricht so zu gestalten, wie sie ihn vorbereitet hatten. Bis endlich einer von ihnen den Streich bemerkte.

Zu diesem Zeitpunkt war das alles noch witzig, und man stritt sich untereinander darum, wer als Nächstes nominiert wurde. Doch dann wurde es unschön. Nachdem Clarissa die Smartboardstifte gegen schwarze Permanent-Schreiber ersetzt und damit echten Schaden angerichtet hatte, gab es den ersten großen Ärger. Danach stibitzte Pablo den Lehrerzimmerschlüssel und vertauschte alle Notenbücher der Lehrer, was wiederum für ordentlich Zorn im Kollegium sorgte. Florentine übertrieb es schließlich. Sie klaute Herrn Schlöter, dem Sportlehrer, die Jeans aus der Umkleide und band sie an den Fahnenmast. Das Video auf YouTube hatte bereits über eintausend Likes.

Die gesamte Klasse wurde zum Direktor zitiert, und es gab ein Donnerwetter von einer Dreiviertelstunde mit der Androhung, die Klasse aufzulösen, wenn das nicht aufhörte.

Lucas und viele Mitschüler hatten gehofft, die Challenge würde nun enden, doch Noah und einige andere hatten diese Mutproben einfach nach draußen verlegt. Auf die Zeit nach dem Unterricht. Und seither war diese Challenge ein echter Albtraum.

»Was ich habe?«, fragte Lucas und ging auf Noah zu. »Ich habe sie satt, diese bescheuerte Challenge. Lasst uns doch endlich damit aufhören.«

Aus den Augenwinkeln sah er einige nickende Köpfe und ein paar hoffnungsvolle Blicke. Doch Noah widersprach: »Das wäre unfair. Erst, wenn jeder einmal dran war, können wir aufhören. Sind ja nicht mehr viele.«

Lucas zeigte auf Martin, der noch immer vergeblich versuchte, aus dem Papierkorb zu klettern. »Und was soll das?«

»Strafe!«, klärte Emma ihn auf und schoss mit ihrem Handy noch einmal ein Foto von Martin. »Er weigert sich, nächste Woche dem Pastor Hundescheiße vor die Haustür zu legen. Deshalb muss er jetzt nachsitzen.«

»Hab ich doch jetzt!«, stieß Martin hervor. »Helft mir jetzt hier raus!«

»Nur noch ein bisschen«, antwortete Noah. »Nur so lange, bis Lucas seinen Auftrag erhalten hat. Wir haben ja noch Zeit, bis der Lehrer kommt.«

Lucas erschrak, weil er nun an der Reihe sein sollte, und er wunderte sich, wieso Herr Müller, der Mathelehrer, nicht längst in der Klasse war.

Emma schien Lucas' Gedanken gelesen zu haben: »Wenn du dir Gedanken um Herrn Müller machst, das wird noch ein bisschen dauern, bis er kommt.«

»Fabio hat ihm vorhin seinen Orangensaft über das Hemd gekippt – aus Versehen natürlich«, erklärte Noah, und Emma rief auch schon wie zur Erklärung: »Challenge!«

»Aber nicht in der Schule«, fügte Florentine schnell hinzu. »Das hat er auf dem Lehrerparkplatz erledigt, denn Streiche in der Schule sind ja verboten!«

»Das sind keine Streiche mehr«, widersprach Lucas.

Wieder sah er nickende Köpfe und ärgerte sich, dass ihm niemand beistand.

»Das ist egal«, widersprach Noah. »Wir haben vorhin beschlossen, dass der Erste, der Martin helfen will, als Nächstes nominiert ist.«

Emma tippte Lucas mit dem Zeigefinger an. »Und das warst du!«

»Du bist nominiert!«, rief Florentine begeistert.

»Das ist bescheuert«, wehrte sich Lucas, doch Noah winkte ab.

»Du wärst sowieso dran gewesen«, sagte er. »Allein schon wegen deines beknackten Schuhgeschmacks.« Er zeigte auf Lucas' Füße. »Was soll das denn darstellen?«

Lucas blickte auf seine Schuhe. Daran hatte er gar nicht mehr gedacht.

»Und außerdem kannst du mal beweisen, dass du auch außerhalb von Mathe und Rätselraten was draufhast!«, sagte Noah. »Mach dich bereit, du bekommst die coolste Aufgabe von allen bisher.«

»Genau«, stimmte Emma zu. »Schon morgen Mittag ist es so weit! Weil Martin ja ausscheidet, muss diese Woche nochmal jemand ran. Wir kommen sonst mit dem Zeitplan durcheinander.«

Während Lucas nun erst recht den heutigen Tag aufs Heftigste verfluchte, erklärten ihm Emma und Noah die Mutprobe, die sie für ihn geplant hatten. Und mit jedem Wort, das sie sagten, wurde Lucas blasser im Gesicht und bekam weichere Knie.

Kapitel 2

Das Zittern in den Knien wollte gar nicht mehr aufhören. Lucas ging zögernd auf das große Einkaufszentrum zu. Äußerlich wirkte er ruhig, beinahe gefasst. Doch innen drin war er total aufgekratzt. Warum war er nicht schon früher nominiert worden? Zu Beginn des Schuljahres, als so kleine Streiche wie das Tauschen von Frau Steinmeiers Apfel gegen einen Plastikapfel ausgereicht hatten? Ausgerechnet jetzt, da alles aus dem Ruder lief, sollte er sich beweisen.

»Mist!«

Am liebsten wäre er davongerannt. Weit weg. So weit, dass er seine Challenge nicht durchführen musste, und so weit, dass er nicht gefunden und für Fotos auf Instagram in den Papierkorb oder die Toilettenschüssel gesteckt werden konnte. Die Bilder von Martin diese Woche und die von Lena neulich mit den Füßen im Klo waren beide über einhundert Mal geliked worden.

So weit wollte Lucas es nicht kommen lassen. Doch eine Flucht war aussichtslos, denn er wusste, dass Emma, Noah, Florentine und einige andere ihn beobachteten. Sie saßen auf den Bänken vor der Dönerbude und blickten ihm gerade nach. Lucas glaubte, ihre Blicke wie Nadelstiche in seinem Rücken spüren zu können.

Doch dann fiel sein Blick auf etwas ganz anderes: Da lag irgendetwas unter der Sitzbank von Noah und seinen Kumpel. Was war das? Äste? Doch sie lagen nicht auf dem Boden. Nein, es sah aus, als stünden sie. Und vor allem wirkten sie, als würden sie Lucas beobachten.

Drehte er vor der Challenge jetzt völlig durch?

»Was ist los?«, brüllte ihm Noah zu. »Hast du schon die Hosen voll?«

Lucas zuckte zusammen. Ein paar Passanten drehten sich nach ihm um. Also riss er sich zusammen und ging ein paar Schritte weiter auf das Einkaufszentrum zu. Nur ein paar Schritte.

Als er sich erneut zu der Bank umdrehte, waren die merkwürdigen Äste verschwunden. Lucas verscheuchte alle Gedanken aus seinem Kopf und starrte auf das riesige Gebäude vor ihm. Da fiel ihm ein Mädchen auf, das ebenfalls gerade auf die Laden-Passage zuging. Aber es war nicht das Mädchen, das seine Aufmerksamkeit erregte, es war ihre Frisur.

Lucas ging ihr einige Schritte hinterher und riss die Augen auf, um alles besser sehen zu können.

Doch, klar: Er hatte sich nicht getäuscht. In den hochgesteckten schwarzen Haaren dieses Mädchens steckte irgendetwas – war das etwa eine Steinschleuder?

In diesem Moment drehte sich das Mädchen um, und Lucas staunte: Er kannte sie. Zumindest ein wenig, denn sie ging auf seine Schule. Sie musste in der Stufe über ihm sein, also war sie etwa ein Jahr älter als Lucas. Irgendwann war sie ihm einmal aufgefallen, weil sie in den Pausen stets für sich blieb.

Jetzt blickte sie Lucas fragend aus ihren dunklen Augen an. Lucas fühlte sich ertappt, denn ihr Blick war so durchdringend, als wüsste sie, was er vorhatte.

Oder bilde ich mir das nur ein?, dachte Lucas, so wie diese komischen Stöcke, die hier rumfliegen ...

Doch schließlich wandte sich das Mädchen von ihm ab und ging weiter, als wäre nichts passiert. Lucas erinnerte sich wieder an die Aufgabe, die noch vor ihm lag.

Wie immer herrschte im Einkaufszentrum reges Treiben. Die Läden, die Gänge – alles war voller Menschen, die nur hierhergekommen waren, um zu beobachten, ob Lucas tatsächlich den Mut hatte, seine Challenge durchzuziehen. Zumindest kam es ihm so vor. In Wahrheit eilten die Menschen an ihm vorbei, ohne ihn groß zu beachten.

Der Ladenbereich mit den Elektronikartikeln befand sich ganz am Ende der Galerie. Noch nie war Lucas der Weg so lang vorgekommen.

Schweiß zeigte sich auf seiner Stirn. Die Knie wurden wieder so weich wie vorhin, als er vor der Passage gestanden hatte. Er spürte sogar, wie seine Hände zu zittern begannen.

Boah, stell dich nicht an, so schlimm kann das schon nicht werden, versuchte er, sich Mut einzureden, doch das half ihm kein bisschen.

Er trat zwischen den Sicherheitssensoren am Eingang hindurch und sah sich die schulterhohen, schmalen Scanner genau an. Hier musste er gleich hindurch. Irgendwie. Ohne den Alarm auszulösen. Irgendwie. Das Zittern in seinen Händen wurde stärker.

Lucas wandte sich nach rechts, in Richtung der Musikanlagen und Soundsysteme und entdeckte es sofort. Denn dort stand sie, aufgebaut auf einem Aktionstisch. Eigens angebrachte Strahler beleuchteten das Gerät, denn dieses Teil war die absolute Neuheit auf dem Markt.

»Frisch von der Messe, exklusiv in unserem Haus«, stand riesig groß auf einem Plakat geschrieben, das hinter dem Turm aus Kartons und den aufgestellten Geräten hing. Halbmeterhohe Buchstaben stellten das Gerät vor: »Die Boombastic 4.0 – die Musikbox der Zukunft!«

Lucas erinnerte sich daran, was Emma gesagt hatte: »Sowas können wir hier in der Klasse gut gebrauchen! Damit können wir in den Pausen unsere Handys verbinden und Musik hören.«

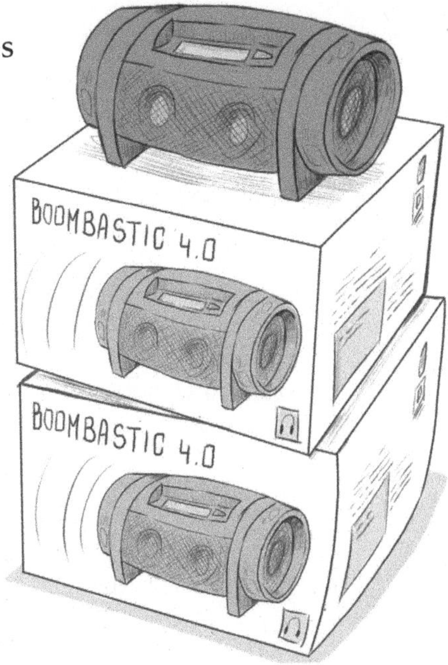

Diese Bluetooth-Box war überall *das* Thema, man sah sie ständig im Fernsehen und auf riesigen Werbeplakaten. Aber die Boombastic hatte auch ihren Preis: Über zweihundert Euro kostete das Teil in der Premium-Version.

Lucas war nicht der Einzige, der sich diese Box gerade ansah. Um ihn herum stand eine ganze Menschentraube und blickte sehnsüchtig auf die Boombastic 4.0. Immer wieder griffen Hände danach und zogen eine der Boxen unter den neidischen Blicken der anderen aus dem Stapel. Den meisten Leuten hier war sie zu teuer.

Lucas sah sich um und verlor den Mut. Wieder hörte er Emmas Stimme in seinem Kopf: »Deine Aufgabe für unsere Challenge ist ganz einfach: Klau das Ding!« Die meisten seiner Klassenkameraden hatten entsetzt zugeschaut, aber niemand war eingeschritten. »Bring uns so eine Box in die Klasse oder YouTube kann sich über ein weiteres Idioten-Video freuen!«

Und Noah hatte angefügt: »Aber nicht von dir. Wir werden deine kleine Schwester in eine Falle locken. Na, wie gefällt dir das?«

Und nun rasten in seinem Kopf die Sorge um seine Schwester und die Angst vor den Konsequenzen um die Wette. Wie sollte Lucas eine dieser Boxen stehlen, wenn sich die halbe Stadt hier versammelt hatte? Und vor allem: Wie sollte er das mit seinem Gewissen vereinbaren? Er hatte in seinem ganzen Leben noch nie etwas gestohlen. Wie kam er da nur wieder raus?

Er erinnerte sich daran, was Noah gesagt hatte: »Und außerdem kannst du mal beweisen, dass du auch außerhalb von Mathe und Rätselraten was draufhast!«

Ja, er liebte es, Rätsel zu knacken und nach Lösungen zu suchen. Doch ausgerechnet jetzt und hier fiel ihm zu seinem bisher größten Problem keine Lösung ein.

Auf dem Weg zum Laden hatte er schon daran gedacht, nur so zu tun, als würde er die Box klauen, aber Emma und Noah beobachteten ihn ganz genau, das würde ihnen nicht entgehen.

Er hatte auch überlegt, mit seinen Eltern zu sprechen und sie einzuweihen. Doch wenn das herauskommen würde, wäre er erst recht geliefert. Wenn man Challenge-Verweigerer schon mit den Füßen im Klo fotografierte, was passierte dann wohl mit Verrätern? Seine Schwester war vier Jahre jünger. Kaum auszudenken, wie das für sie wäre, wenn jemand ...

»Vorsicht!«, ertönte eine tiefe Stimme, und Lucas blickte auf. Genau in diesem Moment donnerte er auch schon gegen jemanden.

»Ups ... 'tschuldigung«, brachte Lucas hervor. Als er aufblickte, traute er seinen Augen kaum. Vor ihm stand ein älterer Mann, der aussah wie ein falsch zusammengesetztes Puzzle. Nichts an ihm passte zusammen: Er trug ein kariertes Hemd unter einer gestreiften Jacke. Darunter eine lila Hose, die aussah, als stamme sie aus dem letzten Jahrtausend, während seine quietschgelben Schuhe topmodern waren. Die Kappe auf seinem Kopf wirkte, als sei sie völlig aus dem zeitlichen Rahmen gefallen, und der Zopf im Bart des Mannes ließ ihn wie ein Künstler wirken.

Lucas blickte den Mann mit einer Mischung aus Faszination und Überraschung an. Erst von oben nach unten, dann von unten nach oben und dann wieder zurück.

»Alles gut, mein Junge?«, fragte der Alte in einem freundlichen Ton.

Endlich schaute Lucas dem Mann ins Gesicht – in das offenste und sympathischste Lächeln, das ihm bisher je begegnet war.

»Entschuldigung«, sagte Lucas rasch und wollte schon weiter, als der Alte ihn ansprach: »Du scheinst mir ganz schön durcheinander, was ist denn los? Kann ich dir irgendwie helfen?«

Diese Frage war ernst gemeint und ehrlich interessiert, das merkte Lucas sofort. Aber dennoch: »Gar nichts. Muss weiter!«, brachte er hektisch hervor.

»In Ordnung«, antwortete der Alte. »Aber wenn was ist, ich bin hier.«

Dieser Mann war wirklich seltsam, sie kannten sich doch gar nicht. »Äh, danke. Das ist ... nett ... äh, irgendwie ...«, stotterte Lucas hilflos. Er machte kehrt und ging in die andere Richtung, bis er erneut stehen blieb und direkt auf die Lösung seines Problems starrte. Sie war einfach da, die Lösung. So, als habe sie nur auf ihn gewartet. Hier und jetzt.

Lucas blickte auf die schwere Metalltür, über der groß das Schild mit dem Wort »Lager« angebracht war. Die Tür war geöffnet, denn ein Mitarbeiter kam gerade heraus. Lucas konnte in den dahinterliegenden Raum blicken und entdeckte Regale, in die Hunderte von verschiedenen Artikeln einsortiert waren. Vor allem aber: Auf den ersten Regalen standen unzählige Pakete mit der Boombastic 4.0!

Während der Mitarbeiter aus der Tür trat, fasste Lucas einen Drei-Punkte-Plan:

Erstens: Er musste durch die Tür huschen und sich im Lager verstecken.

Zweitens: Er musste eine Boombastic 4.0 aus ihrer Verpackung nehmen und sie gegen einen anderen, günstigen Artikel tauschen. Die Musikbox in die Verpackung des billigen Teils und das billige Teil in die Boombastic-Schachtel.

Und drittens: Warten, bis ein Mitarbeiter wieder die Lagertür öffnet, mit der Boombastic in der billigen Verpackung zur Kasse rennen und dort den günstigeren Preis bezahlen.

Das war's! So einfach, so klar.

Der Mitarbeiter bog in den Laden ab, und hinter ihm schloss sich langsam die Lagertür. Lucas musste sich beeilen. Er hechtete vor, blickte sich noch einmal nach allen Seiten um, damit ihn auch niemand beobachtete, bevor er im Lager verschwand – genau eine Sekunde, bevor die Tür ins Schloss fiel, sich automatisch verriegelte und Lucas einsperrte.

Kapitel 3

Kalt war es in diesem riesigen Lager und sehr schlecht beleuchtet. Lucas kramte sein Handy hervor, schaltete die Taschenlampe ein und ging die langen Regalreihen ab. Er leuchtete auf die vielen Kartons, die dort standen. Auf einigen klebten Preisschilder, auf anderen noch nicht. Lucas musste gar nicht so lange suchen, bis er auf mehrere Kartons mit Tisch-Ventilatoren stieß. Diese Ventilatoren waren ungefähr so groß wie die Boombastic 4.0. Ihre Verpackungen waren quadratisch, das musste passen. Und vor allem: Ein Ventilator kostete nur acht Euro. Lucas griff in die Hosentasche und fühlte nach dem Zehneuroschein, den er dabeihatte. Er lächelte. Alles passte zusammen!

Also zog er eins der Pakete aus dem Regal und nahm den

Lüfter heraus. Das Gleiche tat er mit einem Boombastic-Paket und vertauschte dann die Inhalte.

All das geschah sehr schnell und leise. Lucas war vorsichtig, doch wahrscheinlich war das unnötig, denn es schien niemand im Lager zu sein. Weder hier noch weiter hinten. Das einzige Geräusch, das dauerhaft zu hören war, war das Wummern seines eigenen Herzens. Lucas stand völlig unter Strom. Immer wieder flackerte sein schlechtes Gewissen auf und wollte ihn von dem abhalten, was er gerade tat. Doch seine Angst war stärker. Die Angst davor, dass seiner Schwester etwas passierte, das sie vor ihrer ganzen Schule demütigte.

Plötzlich schreckte ihn ein scharrendes Geräusch auf. Lucas schaute sich um. Es war niemand hier. Zwischen den Regalen war noch immer alles still. Dann wieder ein Rascheln wie von Blättern, durch die der Wind pfiff. Stille. Seltsam.

Lucas packte das kleine Lüfterpaket mit der Box darin unter den Arm und duckte sich hinter eines der Regale an der Zugangstür des Lagers. Dort wartete er. Sein Herz wummerte noch stärker als zuvor. Dieses Warten war unerträglich, und sein schlechtes Gewissen machte ihn fertig. Aber er tat es ja für seine Schwester.

Einen kurzen Moment musste er an den merkwürdigen alten Mann im Laden denken. Jetzt könnte Lucas ihn gebrauchen. Der Alte hätte ihm die Tür aufschließen können. Damit hätte er ihm tatsächlich sehr geholf...

Schritte! Direkt vor der Lagertür! Das Klimpern eines

Schlüssels. Dann knackte das Schloss, als der Schlüssel herumgedreht wurde. Und schließlich öffnete sich die Tür und verursachte ein schabendes Geräusch auf dem Boden.

Lucas kamen diese Geräusche unendlich laut vor. Lauter und dröhnender, als die Boombastic sie jemals abspielen könnte.

Er duckte sich. Hielt den Atem an. Verharrte bewegungslos.

Direkt vor seinen Augen trat ein Mitarbeiter ein. Lucas konnte aus seiner Position nur die Schuhe erkennen.

Wenn er sich umdreht und mich sieht, hab ich echt ein Riesenproblem, fuhr es Lucas durch den Kopf. Doch der Mitarbeiter bemerkte ihn offensichtlich nicht. Er trat ein und ging durch die Regale, vermutlich auf der Suche nach irgendeinem Artikel.

Die Lagertür begann sich zu schließen. Lucas lauschte noch einmal nach den sich entfernenden Schritten, dann schoss er hervor, zischte durch den Türspalt und rannte pfeilschnell mitten in das Geschäft. Schweiß lief ihm über die Schläfen, sein Herz schlug ihm bis zum Hals. Lucas fühlte sich, als wäre er gerade einen Marathon gelaufen. Doch als sein Blick auf die Ventilator-Packung fiel, wurde ihm klar, dass sein Plan gerade aufging: Punkt eins und Punkt zwei hatte er gemeistert. Nun musste er nur noch an der Kasse bezahlen und gehen. Bezahlen und gehen. Das war's. Der leichteste Teil seines Plans. Bezahlen und gehen. So einfach. Und dennoch, seine Beine verweigerten ihm erst einmal den Dienst. Es brauchte noch ein paar Minuten, bis Lucas wieder einen Fuß vor den anderen setzen konnte. Mit dem Ärmel seiner Kapuzenjacke wischte er sich den Schweiß aus dem Gesicht. Niemand sollte ihm die Aufregung anmerken, wenn er an der Kasse stand.

»Bezahlen und gehen«, flüsterte er sich selbst beruhigend zu. »Ganz einfach. Schon tausendmal gemacht.« Doch es funktionierte nicht. Sein Herz bollerte weiter in seiner Brust und weigerte sich standhaft, sich zu beruhigen.

»Bezahlen und gehen!«

Lucas schaute zu den Kassen. Drei waren geöffnet. An der mittleren Kasse war gerade sehr wenig los. Er griff nach dem Geld in seiner Hosentasche und holte es raus. Wie ferngesteuert machte er sich auf den Weg, wie ein Roboter fühlte er sich.

Lucas schaute nach unten zu dem Lüfterpaket in seinen Händen, dann hob er den Kopf und prallte erneut heftig mit jemandem zusammen.

»He!«, rief Lucas überrascht aus. »Was ...« Er verstummte. Denn das karierte Hemd unter der gestreiften Jacke kam ihm sehr bekannt vor. Er blickte dem alten Mann ins Gesicht »Warum ...?«

»Alles klar bei dir?«, fiel ihm der Alte ins Wort. Er sprach ruhig und freundlich, doch seine Augen blickten Lucas scharf an.

Lucas schoss das Blut in den Kopf. »Was?«

Der Mann blickte auf das Paket in Lucas' Händen. »Willst du das wirklich tun?«

»Ich weiß gar nicht, was Sie ...«

»Manche unserer Taten haben Konsequenzen, die uns ein Leben lang verfolgen«, gab der Alte zu bedenken. »Wärst du ein Ritter aus dem Mittelalter, würdest du das wissen.«

Woher wusste er, was Lucas da tat, und warum sprach der Alte über Ritter? War er etwa verrückt?

Lucas schluckte, bevor er antwortete: »Manchmal verfolgen uns aber auch die Taten, die wir nicht begangen haben. Aber das können Sie nicht wissen, Sie gehen ja nicht mehr in die Schule.«

Der Alte lächelte. »Das ist wahr. Ich verstehe auch, was du meinst, aber ...« Er zeigte auf das Paket. »Aber ist das der richtige Weg, Lucas?«

Lucas war völlig verwirrt. »Woher kennen Sie meinen Namen ... Und ... Also, was haben Sie denn ... Wieso ... wieso stehen Sie mir überhaupt im Weg?«

»Ich stehe dir nicht im Weg. Ich stehe dir zur Seite«, widersprach der Alte. »Wenn dir etwas im Weg steht, dann bist du das selbst.«

»Was? Ich ... wie? Ach ...« Allmählich verlor Lucas die Geduld. »Gehen Sie bitte zur Seite!«

Bevor er reagieren konnte, legte sich der Schatten des Mannes auf magische Weise über ihn. Und in diesem Moment geschah etwas völlig Unerwartetes: Mit einem Mal wirkte das ganze Umfeld der beiden, als hätte jemand die Zeit angehalten. Mehr noch: Lucas fühlte sich mit einem Mal wie in einer Blase. Die Ladengeräusche verstummten, die Menschen bewegten sich wie in Zeitlupe um sie beide herum, das grelle Licht der Neonlampen verblasste. Alles wurde in ein tiefes Blau gehüllt. Doch die größte Änderung ging in Lucas selbst vor sich. Die Gewissensbisse und die Ängste verschwanden. Sein Herz beruhigte sich augenblicklich, und Lucas fühlte eine tiefe Ruhe in sich. Mit einem Mal war sein Kopf völlig frei. Die Gedankenachterbahn, die ihn eben noch getrieben hatte, stand völlig still. Lucas konnte seinen Atem hören – ruhig und gleichmäßig.

»Ich hab's!«, brachte er hervor. »Ich weiß, was zu tun ist!«

In dieser Sekunde zog sich das blaue Licht zurück. Die typischen Ladengeräusche drangen allmählich wieder auf ihn ein, und als er seinen Blick hob, huschten die Menschen im Laden wieder geschäftig zwischen den Regalen hin und her.

Bloß der alte Mann war verschwunden. Lucas glaubte noch immer beobachtet zu werden, doch er täuschte sich: Der Alte war genauso verblasst wie der beruhigende blaue Schatten, den er ihm gespendet hatte.

»Ich weiß, was zu tun ist.« Lucas atmete tief ein und schaute sich um, ob er den Alten nicht doch noch erblicken konnte, als ihm jemand anderes eine Hand auf die Schulter legte.

»Kannst du mir sagen, was du da hast?«, sprach ihn eine tiefe Stimme an.

Lucas wandte sich um und blickte einem kräftigen Mann in die Augen, auf dessen Hemd das Wort »Security« stand. »Was hältst du denn da in den Händen?«, fragte er.

Lucas erschrak zunächst und blickte auf seine Hände. Doch dann antwortete er: »Schauen Sie mal, das ist doch komisch. Da hat jemand die teure Musikbox in eine Verpackung für einen billigen Lüfter gesteckt. Das kommt mir komisch vor.«

Der Wachmann lächelte breit. »Bist ja ein Denker! Nett von dir, dass du uns darauf aufmerksam machen wolltest. Gib mal her.« Er nahm Lucas das Gerät und die Verpackung ab. »Danke für deine Ehrlichkeit«, sagte er noch.

Lucas bedankte sich für das Kompliment, bevor er sich abwandte und so schnell wie möglich das Geschäft verließ.

Er wusste, was zu tun war. Und er musste es tun.

Draußen, vor der Einkaufspassage, warteten Noah und Emma noch immer auf ihn.

»Boah! Das wird aber auch mal Zeit!«, beschwerte sich Noah. »Was hast du denn da drin gemacht?«

Und Emma stimmte ein: »Da wäre mein Opa ja schneller gewesen!«

Noah blickte auf Lucas' leere Hände: »Und wo ist die Boombastic? He?«

»Da, wo sie hingehört«, antwortete Lucas. »Ich hab was anderes für euch. Morgen. In der Schule. Ihr werdet sehen.«

»Ich versteh gar nichts mehr«, beschwerte sich Noah, doch Lucas ging nicht weiter darauf ein.

»Morgen«, gab er nur knapp zur Antwort, dann lief er los.

Kapitel 4

Lucas war gar nicht aufgefallen, wie lange er sich in dem Elektroladen aufgehalten hatte. Inzwischen mussten seine Eltern schon fast das Abendbrot vorbereitet haben. So langsam musste er sich auf den Heimweg machen, obwohl er noch ganz schön aufgewühlt war.

»Du weißt, was zu tun ist?«, fragte ihn plötzlich jemand.

Lucas wandte sich um und blickte in die neugierigen Augen eines völlig fremden Jungen.

»Was hast du gesagt?«, fragte Lucas nach.

»Wollte nur nachhören, ob du wirklich weißt, was zu tun ist«, flötete der Junge gut gelaunt. Er musste etwa in Lucas' Alter sein, war aber um einen Kopf kleiner. Lucas war ihm ganz bestimmt noch nie begegnet.

»Woher weißt du ...?«, fragte Lucas unbeholfen und fügte an: »Und was geht dich das an?«

»Nichts!«, kam die überraschende Antwort aus dem fröhlichen Gesicht. »Dachte nur, ich könnte helfen.«

»Helfen?«

»Klaro: Wenn du weißt, *was* zu tun ist, weiß ich vielleicht, *wie* es zu tun ist. Ich könnte also helfen.«

»Ich kenne dich doch gar nicht.«

»Siehst du, ich kann schon wieder helfen«, lachte der Junge, streckte eine Hand aus und stellte sich vor: »Ich bin Ole.«

Lucas griff danach. »Und ich bin ...«

»... Lucas. Weiß ich doch schon! Wollen wir echt noch mehr Zeit verlieren?«

Lucas war so überrascht, dass er kein Wort herausbekam. Auf seiner Zunge lagen jede Menge Fragen, aber der Junge blickte ihn mit so einer Selbstverständlichkeit an, dass er keine stellte.

Ole wurde es langweilig. »Kommst du nun mit oder nicht? Die Zeit, die wir hier vertrödeln, könnte ich für andere Dinge nutzen.« Der Typ hatte doch eine Macke.

Jetzt erst erinnerte sich Lucas wieder, was er eigentlich vorgehabt hatte, bevor er auf diesen verrückten Ole gestoßen war. »Ja«, sagte er entschieden. »Ich weiß, was zu tun ist. Ich weiß nur nicht, was dich das ...«

»Na, endlich!«, lachte Ole. »Los, komm mit.« Und damit ging Ole voraus.

Lucas tappte ihm verwirrt hinterher. »Wo willst du denn hin?«

Aber Ole antwortete nur: »Wirst du schon sehen. Auf dem Weg kannst du mir von deinem Plan erzählen.«

Lucas gab endgültig seinen Widerstand auf. Aus irgendeinem Grund fügte er sich seinem Schicksal und ließ sich auf diesen Jungen ein: »In meiner Schule gibt es zurzeit eine Challenge, also eine Art Wettbewerb, bei der ...«

»Weiß ich doch schon alles«, fiel ihm Ole ins Wort. »Ihr wolltet eine Streiche-Olympiade in der Klasse veranstalten. Anfangs war es witzig, aber irgendwann lief alles aus dem Ruder. Und du solltest heute die Boombastic 4.0 klauen, was du auch fast getan hättest, bevor du es dir anders überlegt hast. Also, wie sieht dein Plan aus, und wie kann ich dir dabei helfen?«

Lucas blieb auf der Stelle stehen. Mit offenem Mund. Mit weit aufgerissenen Augen. »Woher ... woher weißt du das alles?«, brachte er erstaunt hervor. »Das kannst du alles gar nicht wissen. Langsam dreh ich durch. Wirklich! Dauernd passieren mir so komische Dinge. Erst die Zweige, dann der Mann, jetzt du ...«

»Was für Zweige?« Jetzt war Ole erstaunt.

»Ja ... äh ... Das klingt jetzt bestimmt merkwürdig. Oder bescheuert. Oder gruselig. Aber glaub mir: Es war, als ob sie mich verfolgen, die Äste. Als würden sie mir hinterherlaufen. Und der Mann auch. Also ...« Er sah Ole schief an. »Klingt bescheuert, oder?«

Ole sah besorgt aus. »Weniger, als du ahnst«, gab er nachdenklich zur Antwort, aber mehr wollte er wohl nicht verraten und hüllte sich in Schweigen.

Lucas bekam keine Antwort mehr, obwohl er ein Universum an Fragen hatte. Keine Ahnung, warum er es tat, aber er vertraute Ole irgendwie und folgte ihm quer durch die Stadt. Ihr Weg führte sie aus dem Wohnviertel hinaus in Richtung des alten Bahnhofs. Mit jedem ihrer Schritte wurden die Gebäude verfallener, die Straßen kaputter und die Umgebung schmutziger. Noch dazu stand die Sonne inzwischen sehr tief und tauchte alles in ein finsteres Grau. Allmählich fühlte Lucas sich nicht mehr wohl. Er nahm sein Handy raus und schickte seinen Eltern eine Nachricht, dass er heute etwas später nach Hause käme. Zu gern hätte er Ole gefragt, ob sie hier wirklich richtig waren und wohin er ihn überhaupt führte, doch Lucas war klar, dass Ole nicht antworten würde. Sie bogen von der staubigen Straße ab in Richtung eines uralten, verfallenen Fabrikgebäudes hinter den verrosteten Schienen am früheren Güterbahnhof.

Es war eher eine Ruine, mit zerschlagenen Fenstern und bröselnden Backsteinen. Die Hälfte des Daches war eingefallen. Das alles sah so aus, als wäre die Fabrik nur einen Windhauch davon entfernt, in sich zusammenzufallen. Da, wo sich früher eine riesige Tür befunden hatte, klaffte jetzt nur ein eckiges Loch. Die dunklen Fenster und der riesige Eingang wirkten bedrohlich auf Lucas.

»Da gehen wir aber jetzt nicht rein, oder?«, protestierte Lucas, als Ole auch schon den Zweig eines Busches

zur Seite drückte und durch das Eingangsloch hindurchging.

Aber Ole grinste ihn nur schief an und machte den ersten Schritt in die Dunkelheit. »Genau das werden wir tun.«

Kapitel 5

»He! Wo bist du denn?« Lucas stand dicht vor dem Eingang der Fabrik und versuchte, etwas in der Dunkelheit im Inneren zu erkennen. Irgendetwas. Doch es gelang ihm nicht. Das schummrige Licht, das durch die zerschlagenen Scheiben in die Fabrik hereinströmte, reichte nicht aus. Lucas stand vor einer riesigen Halle, die nur aus Schatten zu bestehen schien.

»Ole?«, versuchte er es ein weiteres Mal, doch wieder erhielt er keine Antwort. Stattdessen huschte ein Fuchs aus der Tiefe der Fabrik durch den Ausgang an ihm vorbei und erschreckte Lucas.

»Entschuldige, ich wollte dich nicht verscheuchen«, rief er dem Tier hinterher. Der Fuchs hielt inne und schaute sich zu Lucas um. Ihm war, als habe er diesen Blick schon einmal gesehen.

Bevor Lucas weiter darüber nachdenken konnte, war der Fuchs auch schon aus der Halle verschwunden.

»Mist!« Lucas war kurz davor, schnell nach Hause zu laufen. Das alles hier kam ihm sehr unheimlich vor.

Vielleicht stecken Noah und Emma dahinter, schoss es ihm plötzlich durch den Kopf. War das hier schon eine Racheaktion, weil Lucas die Challenge abgebrochen hatte? Wurde er gerade in eine Falle gelockt?

Er schüttelte den Kopf. »Nein, das glaube ich nicht.« Ole hatte nicht wie jemand gewirkt, der ihn hereinlegen wollte. Ganz im Gegenteil.

Lucas schüttelte den Kopf. Er wollte wissen, was hier los war, und machte den ersten Schritt in das Innere der Fabrik. Noch bevor er wusste, wie ihm geschah, leuchtete der Boden rund um seinen Fuß hell auf. Augenblicklich zog Lucas ihn wieder zurück.

»Was ... was war das?«

Er blickte sich um. Alles war still und finster wie zuvor.

»Wie kann denn sowas ...«

Wieder streckte er den rechten Fuß aus, und wieder erschien dieser helle Lichtpunkt und kreiste den Schuh ein.

»Das gibt es nicht«, hauchte Lucas fasziniert und setzte den zweiten Fuß in die Halle. Sofort wurde auch der von unten beleuchtet.

Lucas ging in die Hocke und streckte eine Hand aus. Er berührte den Boden. Glatter, harter, grauer Beton. Vielleicht waren hier irgendwelche Lichter und Sensoren eingebaut, beruhigte er sich. Aber in einem so heruntergekommenen Gebäude?

»Abgefahren«, entfuhr es Lucas. Er stellte sich auf, und in diesem Moment leuchteten mehrere Punkte auf dem Boden auf. Wie eine Fußspur, die vom Eingang der Halle in das Innere führte. Wie eine Einladung. Wie ein heller Pfad, dem Lucas nur zu folgen brauchte.

Doch bevor er das tat, blickte er sich um. Die vielen Lichtpunkte erhellten nun ein wenig die Halle, und Lucas konnte mehr erkennen als vorher. Halbzerfallene Regale lehnten sich gegen die Wände, Kisten und Kartons stapelten sich im Raum, und im hinteren Bereich konnte Lucas einen alten Gabelstapler erkennen, der einsam vor sich hin rostete.

»Ole?«, rief Lucas noch einmal in die Halle hinein, doch ihm war schon bewusst, dass er keine Antwort erhalten würde. Wenn Lucas Antworten wollte, musste er dem Lichterpfad folgen.

Also setzte er einen Fuß nach dem anderen auf die Leuchtpunkte am Boden und ging so tiefer und tiefer in die Fabrik hinein.

Am Ende der Eingangshalle befand sich eine eiserne Tür, zu der die Lichtpunkte führten. Lucas ging vorsichtig darauf zu und ergriff die Klinke. Sie klemmte ein wenig, doch mit etwas Anstrengung konnte er sie nach unten drücken und die Eisentür aufstoßen.

Grelles Licht empfing ihn. So grell, dass Lucas sich erst einmal abwenden und die Augen zusammenkneifen musste. Es brauchte einige Sekunden, bis er sich von der Dunkelheit in der Halle an das helle Licht des neuen Raumes gewöhnt hatte. Das Erste, was er entdeckte, war Ole. Der Junge stand im Türrahmen und strahlte über das ganze Gesicht.

»Hab ich mir gedacht!«, lachte Ole. »War mir klar, dass du mutig genug bist, um mir zu folgen. So ein Rätselknacker wie du kann doch solch einem Geheimnis nicht widerstehen, oder?« Er lachte noch einmal, bevor er über seine Schulter blickte und nach hinten rief: »Tja, dann hab ich die Wette wohl gewonnen. Du bist eine Woche mit Fegen dran!«

»Jaja, ist ja gut«, erklang aus dem Inneren des Raumes eine Mädchenstimme. »Spiel dich nicht so auf.«

Hinter Ole trat nun eine zweite Person an die Eisentür heran, und Lucas riss vor Erstaunen die Augen auf. »Du?«

Sie lachte und kam näher auf ihn zu. »Da staunst du, oder?«

Lucas nickte. Ihm fehlten die Worte.

Das Mädchen griff sich in die hochgesteckten Haare und zog etwas aus dem Zopf hervor, ohne dass sich die Frisur auflöste. Sie hielt es Lucas entgegen. »Es ist übrigens wirklich eine Steinschleuder, die du heute gesehen hast. In der Schule mach ich das natürlich nicht. Aber am Nachmittag steck ich mir gern ein bisschen Werkzeug in die Haare – das ist ziemlich praktisch.«

»Werkzeug«, wiederholte Lucas flüsternd und kratzte sich am Kopf.

Ole lachte. »Darf ich vorstellen: Das ist Li-Feng.«

»Hallo, Lucas«, sagte sie mit einem Lächeln auf den Lippen.

Doch Lucas murmelte nur ein schüchternes »Hallo« zurück. Dass sie seinen Namen kannte, verblüffte ihn schon nicht mehr so sehr, wie es das noch vor einigen Stunden getan hätte, aber trotzdem ging hier einiges nicht mit rechten Dingen zu. Er wandte sich an Ole: »Bitte erklär mir doch endlich einmal ...«, doch Ole fiel ihm ins Wort:

»Hier wird nichts erklärt. Wir haben schon zu viel Zeit verloren. Jetzt verrat uns doch endlich deinen Plan, wo wir schon mal hier sind.«

Lucas brauchte einen kurzen Moment, um sich zu fassen. Dann rückte er endlich mit der Sprache heraus: »Ach ja, mein Plan! Hört zu: Der Grund, warum so viele meiner Mitschüler bei dieser Challenge mitmachen, ist die Angst davor, bloßgestellt zu werden. Martin und Lena sind schon gemobbt worden. Das hat allen anderen Angst gemacht. Und daher müssen wir ihnen die Angst nehmen.«

Li-Fengs Interesse war nun auch geweckt: »Angst nehmen? Das klingt super. Aber wie?«

»Wir müssen Noah und Emma zuvorkommen«, antwortete Lucas hastig. »Wir müssen ihnen das Mobbing vermiesen, bevor sie wieder mobben können.«

»Wie denn?«

Lucas grinste. »Ein sehr schlauer Typ sagte neulich zu mir: ›Die Zeit, die wir hier vertrödeln, könnte ich für andere Dinge nutzen.‹«

Ole lachte. »Hey, du lernst ja schnell. Aber ich versteh kein Wort.«

Lucas zwinkerte ihm zu: »Was macht jedes Kind, jeder Jugendliche und jeder Erwachsene kurz nach dem Wachwerden?«

»Aufs Handy schauen«, antwortete Ole augenblicklich.

Lucas nickte. »Das ist der Schlüssel.«

Li-Feng zog die Schultern in die Höhe. »Ole, verstehst du, was er will?«

»Nö!«, schmollte Ole. »Und ich hasse es, wenn ich einen Plan nicht durchschaue.«

»Ole, ich brauche deine Technik. Ihr werdet schon verstehen«, sagte Lucas nur.

»Aha, na gut«, antwortete Ole, verzog aber noch immer das Gesicht. »Dann komm mal mit.«

Dieses Mal rannte er nicht einfach davon, sondern führte Lucas langsam in das Innere der Fabrik. Eigentlich kannte er Li-Feng und Ole ja gar nicht, doch er vertraute ihnen und ging zwischen den beiden durch die halbdunklen Gänge der Fabrik.

»Hier sind wir!«, sagte Ole plötzlich und blieb stehen.

Lucas blickte nur in einen dunklen Raum, in dem hier und da einige winzige Lämpchen blinkten. Erst als Ole neben dem Eingang einen Lichtschalter drückte, ergab sich für Lucas ein Anblick, mit dem er hier nicht gerechnet hätte. Dieser eigentlich schäbige Backsteinraum war überfüllt mit allerlei Technik. In der Mitte des Raumes standen drei Tische, die mit mehreren Computern und Laptops sowie vier Monitoren und Tastaturen vollstanden. In den rostigen Regalen stapelten sich mehrere Drucker und Geräte, die Lucas nicht einmal kannte. Überall lagen USB-Sticks herum. Die unzähligen Kabel auf dem Boden wirkten beinahe wie eine schlafende Schlangenfamilie.

»Wow!«, brachte Lucas hervor. »Du bist wohl ein echter Computer-Freak, Ole. Das ist ja der Hammer!«

Ole allerdings schüttelte den Kopf. »Na ja, geht so, eigentlich ist das eher ein Mittel zum Zweck. Diese Geräte sind super, um Antworten zu erhalten. Es ist ein einfaches Spiel: Frage stellen, Antwort erhalten. Man muss nur die richtigen Fragen an den richtigen Orten stellen, dann bekommt man die richtigen Antworten. So einfach. Dass man dafür aber Kabel, Stecker und Computer braucht, finde ich bescheuert. Wenn es nach mir ginge, stünde hier eine riesige Bibliothek. Aber da ist man ja ewig mit der Suche nach Antworten beschäftigt. Also musste der PC her.«

Lucas schaute ihn staunend an. »So hab ich noch nie jemanden reden hören.«

»Aha«, gab Ole zurück. »Wie viele Leute hast du denn bisher nach so etwas gefragt?«

»Oh ... äh ...«

»Siehst du: die richtigen Fragen an den richtigen Orten! Aber entschuldige mich mal kurz, ich muss was vorbereiten.«

Jetzt konnte Lucas klar erkennen, dass dieser Raum eindeutig Oles Reich war. Wie ein Eichhörnchen auf dem Baum flitzte Ole von Regal zu Regal, dann zu einem der drei Tische, dann zu einer Kiste mit Kabeln, dann wieder zu den Regalen, bis er alles vorbereitet hatte: Eine Kamera mit blinkendem Lämpchen wartete auf einem Stativ auf ihren Einsatz, während zwei Lichtstrahler für die richtige Beleuchtung sorgten. Das alles war über einen Kabelstrang mit einem der PCs auf dem Tisch verbunden.

»Dann mal los, Lucas! Dein großer Auftritt!«

Doch Lucas zog erst sein Handy aus der Tasche. »Moment, da fehlt noch jemand, bevor es losgehen kann!«

Kapitel 6

Als Lucas am nächsten Tag aus dem Bus stieg, sah man ihm an, dass er kaum geschlafen hatte. Alle Geschehnisse des letzten Tages hatten ihn wach gehalten. Und nicht nur ihn. Hinter Lucas kam seine Schwester aus dem Bus, ebenfalls völlig übermüdet.

Kurz vor dem Schulhof, dort, wo sie sich normalerweise trennten, um zu ihren Freunden zu gehen, trafen die beiden auf einen Jungen aus Lucas' Parallelklasse: »Spitze, ihr beiden!«, rief er, und ein Mädchen, das gerade aus dem Bus stieg, pflichtete ihm bei: »Ja, voll krass!«

»Sowas erfordert Mut.« Ein Mitschüler stieß ihm von der Seite in die Rippen. »Mehr Mut, als irgendeine Box zu klauen.«

Nele begann zu kichern: »Dein Plan scheint aufzugehen«,

sagte sie stolz. »Gut, dass du mich gestern zu euch gerufen hast.«

Lucas konnte gar keine Antwort geben, denn Martin kam auf sie zu und hielt Lucas sein Handy vor die Nase. »Das war heute in unserer Klassengruppe. Echt starke Nummer!«

Lucas blickte auf das Display und sah das Video, das er schon kannte. Er sah sich neben Nele vor einer Backsteinwand stehen, und er hörte sich selbst sprechen: »Die Mobber aus unserer Schule haben nur so lange Macht über uns, wie wir uns aus Angst vor ihnen ducken.«

»Und deshalb ducken wir uns nicht mehr«, sagte Nele in die Kamera, als Lucas wieder das Wort aufnahm: »Aus Angst, sich zu blamieren, machen viele Schüler derzeit bescheuerte Dinge. Ich wurde dazu gezwungen, eine Boombastic zu stehlen.«

»Deshalb kehren wir das um«, sagte Nele. »Wenn wir uns selbst blamieren, kann das kein anderer tun.«

Sie zwinkerte Lucas auf dem Video zu, und in diesem Moment hoben beide zwei Eimer mit grünem Wackelpudding in die Luft.

»Wir werden uns jetzt zum Affen machen«, erklärte Lucas. »Dann brauchen wir keine Angst davor zu haben, dass andere das mit uns machen.«

In diesem Moment kippten die beiden die Eimer über ihren Köpfen aus und waren von oben bis unten voll mit dem grünen Glibber. Er klebte in ihren Haaren und lief über ihre Gesichter.

Beide brachen in Lachen aus und bewarfen sich gegenseitig mit dem Wackelpudding.

»Das ist echt cool«, strahlte Martin.

»Danke!« Lucas wurde ein wenig verlegen.

»Denen hast du es echt gezeigt«, sagte Martin.

Jetzt verschlug es Lucas komplett die Sprache: Am Rand des Schulhofes standen Ina und Karim und schlugen sich gegenseitig rohe Eier gegen die Stirn, während Sahlam mit der laufenden Kamera danebenstand. Nicht weit von ihnen schütteten Maik und Sarah Mülleimer über ihren Köpfen aus, und Ayse filmte lachend mit dem Handy.

»Die ganze Klasse macht mit«, freute sich Martin. »Noah wird Augen machen. Er wird ... Oh!«

Lucas sah zu Martin und ahnte schon, warum er entsetzt schwieg, als Lucas einen schmerzhaften Hieb gegen den Oberarm versetzt bekam.

»Au!« Als Lucas sich umwandte, sah er gerade noch Noah, wie er sich wegduckte und feige in der Menge verschwand. Und sofort schmerzte die Stelle an Lucas' Arm nicht mehr. Das Schmerzgefühl wandelte sich zu einem Glücksgefühl. Ole, Li-Feng und er hatten gesiegt!

»Gratulation«, hörte er eine vertraute Stimme aus der Menge, als er den Schulhof fast erreicht hatte. »Das hast du echt gut gemacht.«

»Li-Feng!« Lucas strahlte über das ganze Gesicht, als er sie erblickte.

»Leute wie dich können wir brauchen«, rief sie ihm zu.

»Wer ist *wir*?«, fragte Lucas. »Ole und du?«

Li-Feng lächelte. »Der wackelnde Wellenbrecher im Zentrum, Rätselknacker. Heute, fünfzehn Uhr.« Damit wandte sie sich ab und verschwand so schnell in der Menge wie Noah vorhin. Bloß mit dem Unterschied, dass Lucas ihr gern gefolgt wäre. Doch es war unmöglich, sie unter all den Schülern zu entdecken. Lucas' Herz schlug mit einem Mal ganz schnell, er konnte es kaum erwarten, Li-Feng und Ole wiederzusehen.

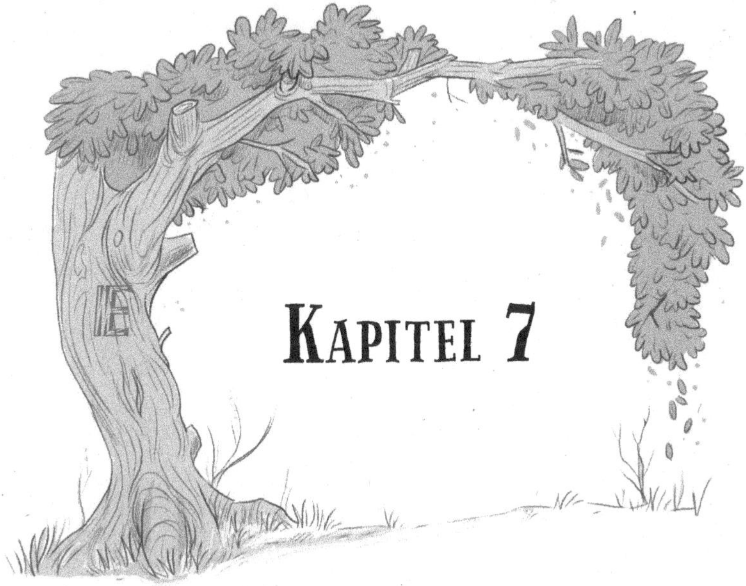

Kapitel 7

Lucas blickte auf seine Armbanduhr. Gleich war es fünfzehn Uhr, und er war der Lösung des Rätsels kaum nähergekommen: Wackelnder Wellenbrecher im Zentrum, hatte Li-Feng ihm zugerufen, wenn Lucas sie richtig verstanden hatte.

Gleich nach der Schule war er mit dem Bus in die Stadtmitte gefahren, die musste Li-Feng mit »Zentrum« gemeint haben, das war ja nicht schwer. Seiner Mutter hatte er eine Nachricht geschickt, dass er mit Freunden nach der Schule noch lernen wollte und deshalb später nach Hause kam.

Nun stand er hier, mitten auf dem riesigen Marktplatz und blickte sich nach allen Seiten um.

»Wellenbrecher«, murmelte er. Das Meer war Hunderte Kilometer entfernt.

»Und wackelnd?« Noch einmal blickte er sich um. Es gab Kinder auf wackelnden Spielplatzgeräten, ältere Leute auf wackeligen Beinen, und am Ende des Platzes sah Lucas sogar einen Dackel, dessen Kopf hin und her wackelte. Aber was konnte das alles mit Wellen zu tun haben? Es gab hier kein Wasser und ...

»Stopp!« Lucas verzog entschieden den Mund. »Müssen Wellen denn aus Wasser bestehen?« Es gab ja auch Dauerwellen auf Köpfen und Mikrowellen in Küchen. Es gab Laola-Wellen in Stadien und Radiowellen in der Luft.

Er seufzte. Aber auch das brachte ihn der Antwort kein Stück näher. In diesem Moment schlug die Kirchturmuhr an: Gong! Es war fünfzehn Uhr!

Noch einmal schlug sie an: Gong! Lucas war gescheitert.

Und noch einmal: Gong! Der Klang ging ihm durch Mark und Bein. Die Schallwellen durchbrachen lautstark seine ...

»Schallwellen!« Er brüllte es beinahe. »Fünfzehn Uhr – die Schallwellen der Kirchenglocken.« Wieder blickte er sich um, dieses Mal aber mit einem ganz anderen Blick. Was auf diesem Platz durchbrach die Schallwellen? Die Hauswände natürlich und auch die Mauern davor.

Sein Blick fiel auf einen Teil der historischen Stadtmauer, die neben einem Café wie eine kleine Ruine aus dem Boden ragte. Sie war sehr alt und brüchig, das wusste Lucas. Neben der eigentlichen Mauer konnte er ein Schild sehen: »Renovierungsbeginn unserer historischen Stadtmauer im

Dezember« stand in großen Buchstaben darauf, und jetzt verstand Lucas: »Die Mauer muss renoviert werden, weil sie wackelt! Weil einige Steine in ihr wackeln.«

Er rannte darauf zu und streckte die Hand nach den Steinen aus. Vorsichtig fuhr er über die Mauer, bis er einen lockeren Stein erwischte und ihn behutsam herauszog. Hinter ihm entdeckte er einen Zettel. Lucas' Herz schlug ihm vor Aufregung wieder bis zum Hals. »Wackelnder Wellenbrecher«, lachte er den Stein triumphierend an. Dann nahm er den Zettel heraus. »Tiefe ohne Wasser, Fuß statt Münze«, las er flüsternd vor und lachte erneut. Diese Aufgabe war simpel: Einige Straßen weiter gab es einen alten, ausgetrockneten Stadtbrunnen, der früher ein Wunschbrunnen gewesen war und in den noch heute manchmal Menschen Münzen warfen.

Lucas spurtete in Windeseile los und lief so lange, bis er den Brunnen erreicht hatte. Die Bruchsteinmauer, aus der er bestand, war nur kniehoch. Darin befand sich feuchte Erde, in der einige wenige Fünf-Cent-Stücke steckten.

»Also, Fuß statt Münze«, wiederholte Lucas und schaute sich noch einmal um, ob ihn niemand beobachtete. Er setzte sich auf den Rand der Mauer, streckte einen Fuß aus und berührte die feuchte Erde des Brunnens. Allerdings ertastete er mit dem Fuß keinen Widerstand. In diesem Moment leuchtete der Brunnenboden in demselben Licht auf wie der Boden in der Fabrik. Die Erde verformte sich. Sie bildete Stufen. Stufen voll Licht, die in die Tiefe führten.

Lucas ließ sich vorsichtig auf die oberste Stufe gleiten, folgte der steilen Wendeltreppe und gelangte in die uralte Fabrik am verlassenen Güterbahnhof. Ole und Li-Feng standen bereits in der riesigen Halle und blickten Lucas begeistert entgegen. Lucas konnte kaum fassen, was da gerade geschah.

»Pünktlich«, lobte Li-Feng.

»Bist also wirklich ein Rätselknacker«, lachte Ole und schlug Lucas anerkennend auf die Schulter. »Du sprudelst bestimmt über vor Fragen. So ist es mir damals auch ergangen.« Er lachte noch einmal auf, dann wurde er plötzlich sehr ernst. Er stellte sich dicht vor Lucas und zeigte auf sein Gesicht: »Und du wirst mit der Zeit auch alles verstehen, aber zuerst müssen wir dich etwas fragen. Mittlerweile vertraust du uns doch, oder?«

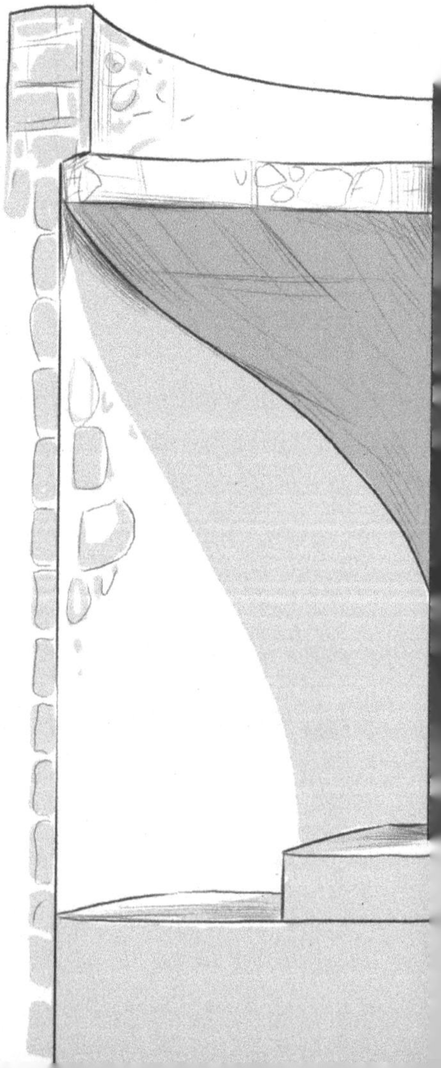

Lucas nickte zaghaft.

»Okay, Lucas, es ist nämlich so, wir brauchen deine Hilfe und wollen wissen, ob du dabei bist?«

Er sah in die erwartungsvollen Gesichter von Ole und Li-Feng. Ole hatte vor Anspannung die Fäuste geballt, als drücke er Lucas die Daumen. Er konnte die Hoffnung aus ihren Gesichtern ablesen. Eine Hoffnung, dass er sie unterstützen würde. Wobei auch immer.

Und so gab es für ihn tatsächlich nur eine einzige Frage. Nur eine, die sich aus allen anderen Fragen in seinem Kopf herausschälte: »Was kann ich tun?«

Die Anspannung in den Gesichtern löste sich. Ole öffnete die Fäuste. Er zeigte in die Halle hinter Lucas und sagte: »Frag ihn.«

Lucas drehte sich um und blickte in die riesige Fabrikhalle. Er konnte nichts Besonderes erkennen. Alles war wie am Tag zuvor: Die Schatten, die von der Sonne geworfen wurden, schienen die schiefen Regale an den Wänden zu stützen.

Doch mit einem Mal erhellte sich erneut der Boden unter Lucas' Füßen. Die

Lichtpunkte tauchten wieder auf und tanzten wild über den Boden bis hin zu dem rostigen Gabelstapler in der hinteren Ecke, der Lucas schon gestern aufgefallen war. Er überlegte, ob er den Lichtern folgen sollte, als er eine Bewegung ausmachte. Hinter dem Fahrzeug lugten zwei dunkle Augen und eine spitze Nase hervor.

Lucas staunte. »Das ist doch …«

Nun blitzte der ganze Fuchskopf hervor, den Blick fest auf Lucas gerichtet.

»… der Fuchs von gestern Abend, den ich …«

Der Fuchs trat aus seinem Versteck heraus, den Blick weiterhin fest auf Lucas gerichtet.

»… aus Versehen verjagt habe und …«

Langsam machte der Fuchs einen Schritt nach dem anderen auf Lucas zu.

»Genau der bin ich!«

Lucas erschrak. Die Stimme kam eindeutig aus der Ecke, in der dieser Fuchs stand.

»Ist da noch jemand?«, rief Lucas in Richtung des Gabelstaplers. »Hallo?«

Anstatt zu antworten, begann der Fuchs sich zu verändern. Die Lichtpunkte tanzten noch wilder und wirbelten nun um ihn herum, so grell, dass man nicht mehr hinsehen konnte. Als sich die Lichter beruhigt hatten und verblichen, öffnete Lucas wieder die Augen und erblickte einen Mann in quietschgelben Schuhen. Er trug ein kariertes Hemd unter einer gestreiften

Jacke, eine alte Kappe und einen Zopf im Bart. Gutmütige Augen musterten ihn freundlich.

»Sie?« Mehr brachte Lucas nicht hervor.

Der Mann trat auf Lucas zu und setzte denselben freundlichen, offenen Gesichtsausdruck auf, mit dem er gestern schon Lucas im Einkaufszentrum begegnet war. Er streckte eine Hand aus. »Wie schön, dass du hier bist!«, sagte er, ergriff Lucas' Hand und schüttelte sie ausgiebig.

Lucas ließ es geschehen, ohne die aufgerissenen Augen von dem Alten abwenden zu können. Seine Stimme hallte ungläubig durch die riesige Fabrik: »Wie ist das möglich?«

Kapitel 8

Sich kneifen, um zu testen, ob man träumte, das machten nur Figuren aus Büchern oder Filmen. Das war doch völlig idiotisch. Sowas schrieben nur Schriftsteller, denen nichts Besseres einfiel, dachte Lucas, während er sich heimlich mit Zeigefinger und Daumen kräftig in den Arm zwickte.

»Autsch!« Er träumte also nicht. Er war tatsächlich wach. Er stand wirklich in einer uralten Fabrikhalle auf gespenstisch leuchtendem Boden einem Mann gegenüber, der gerade eben noch ein Fuchs gewesen war.

Ole lachte hinter ihm. »Ich dachte, sich selbst kneifen, das machen nur Figuren in Büchern oder im Kino.«

Auch Li-Feng stimmte ihm lachend zu.

Lucas hörte die beiden zwar, doch seine Aufmerksamkeit

galt dem alten Mann, der vor ihm stand. Ein Lächeln ging über sein Gesicht, als er sich leicht nach vorn beugte. »Ich stelle mich erst einmal vor«, sagte er. »Mein Name ist Nathanael.«

»Seltsamer Name!«, entfuhr es Lucas.

Li-Feng grinste. »Er ist auch ein ungewöhnlicher Mann«, rief sie von hinten.

Nathanael nickte ihr zu. »Wir sind hier wohl alle recht ungewöhnlich, was? Doch wie der große Merlin schon sagte ...«

»... nicht die Namen von Menschen sind besonders, sondern ihre Taten!«, beendeten Ole und Li-Feng den Satz, als hätten sie ihn schon zigmal gehört, und klatschten sich ab.

»Oh, hab ich das schon mal erwähnt?«, murmelte Nathanael und kratzte sich am Kinn.

Lucas brauchte noch etwas Zeit, um das alles zu verdauen. »Dieser Ort und ... und diese Tricks, die sie draufhaben ...« Er zeigte auf die Lichter am Boden. »Das ist absolut ...«

»Oh, du glaubst, das sind Tricks?«, lachte Nathanael.

»Etwa nicht?«, erwiderte Lucas und brachte damit Nathanael noch einmal zum Lachen.

Nathanael führte seine beiden Hände zusammen, sodass sie eine Schale bildeten, und Lucas blickte auf die Handinnenflächen des Mannes. Er sah erst tiefe Falten und breite Handlinien, doch dann verschwammen sie ineinander. Eine einzige, glatte Fläche bildete sich auf Nathanaels Händen, wie die spiegelglatte Wasseroberfläche eines Sees. Darauf zeigte sich ein Bild. Es war Lucas. Er konnte sich selbst sehen in diesen

Bildern, die nacheinander auf den Händen des alten Mannes erschienen: Lucas auf dem Weg zum Elektronikmarkt, Lucas, wie er Li-Feng begegnete, Lucas mit Martin auf dem Schulhof, Lucas auf dem Weg zu dem ausgetrockneten Brunnen, durch den er hierhergefunden hatte.

»Glaub es«, flüsterte Nathanael. »Das hier ist echte ...«

»... Magie«, hauchte Lucas, und eine Gänsehaut zog sich über seinen ganzen Körper. Er hatte immer für alles eine logische Erklärung gehabt, jedes Rätsel hatte eine Lösung, aber Magie ...

Die Bilder auf Nathanaels Händen verblassten, bis Lucas wieder die Furchen und Falten seiner Hände sah.

Lucas blickte zu ihm auf.

»Ich werde es dir zeigen und all deine Fragen beantworten.« Damit baute er sich zu seiner vollen Größe auf. Er sah durch das zerstörte Dach der alten Fabrik, schätzte scheinbar den Sonnenstand und tat zwei Schritte zur Seite, sodass sein Schatten auf Lucas fiel.

»Halt!«, rief Ole. »Ich komme mit!« Und er sprang erwartungsvoll an Lucas' Seite. »Du wirst staunen!«

Was jetzt geschah, wirkte auf Lucas schon so vertraut, als hätte er es bereits Hunderte Male erlebt: Zunächst fühlte er sich wie in einer Blase, bevor sich ein warmes, tiefblaues Licht um ihn legte. Die wenigen Geräusche, die von der Außenwelt in die Fabrikhalle fanden, verstummten. Und mit einem Mal fühlte sich Lucas wieder ganz leicht und ruhig. Die vielen Fragen, die ihn aufwühlten, fielen von ihm ab, und er war bereit für die Antwort, die ihn erwarten würde.

Plötzlich verschwamm alles um Lucas und Ole, und für einen kurzen Moment war es, als befänden sich die beiden in einem Strudel aus Lichtpunkten. Doch schon im nächsten Augenblick empfing die beiden grelles Licht und Vogelgezwitscher. Ein warmer Windstoß strich ihnen über den Rücken.

Sie befanden sich in einem Wald. Von Nathanael oder Li-Feng war nichts mehr zu sehen. Auch die Fabrik hatte sich gänzlich aufgelöst.

Lucas fiel die Stille an diesem Ort auf. Und auch die Luft – sie roch frischer, sauberer. Lange konnte er seine Neugier daher nicht bremsen.

»Wow, das ist ja unglaublich! Wo sind wir?«, fragte Lucas, doch Ole grinste breit. »Du wirst es kaum glauben. Du könntest es nicht einmal erahnen. Aber wir sind hier tatsächlich in ... Vorsicht!«

Er packte Lucas an seinem Shirt und riss ihn mit sich, sodass beide übereinander hinwegfielen und in einem Gebüsch landeten.

»Hey, was soll denn das?«, protestierte Lucas wütend, doch im nächsten Moment hörte auch er das Hufgetrappel mehrerer Pferde. Er drehte ruckartig den Kopf und sah noch vier Reiter, die auch schon hinter der nächsten Biegung verschwanden.

»Das waren ...«

»Irre, oder?«, triumphierte Ole, als wäre es das Normalste der Welt, so etwas zu sehen.

Lucas zeigte mit dem Finger in die Richtung der galoppierenden Reiter. »Das ... das ... Ritter?«

Ole rappelte sich vom Boden auf und half ihm aufzustehen. »Ich hab's dir gesagt, du wirst staunen!«

Langsam dämmerte Lucas, was Ole damit meinte: »Du willst jetzt aber nicht sagen, dass Nathanael uns in seinem Schatten die Welt der Ritter zeigen kann, oder?«

Ole schüttelte heftig den Kopf. »Nein, auf keinen Fall! Das

würde ich niemals behaupten. Es ist nämlich viel cooler: Er hat uns mit seinem Schatten in die Zeit der Ritter geschickt.«

»Tp ... trrtrtrt ... aaah ... hababababa ...« Mehr brachte Lucas mit seinem vor Staunen aufgerissenen Mund nicht heraus.

»Schön formuliert«, ulkte Ole. »Aber im Ernst: Du hast gerade eine Zeitreise hinter dir. Herzlich willkommen im fünften oder sechsten Jahrhundert nach Christus.«

»Fün... oder sechs... Jahrhundert ...«, versuchte Lucas zu wiederholen.

»... nach Christus. Genau. Herzlich willkommen im ganz, ganz frühen England.«

Endlich fasste sich Lucas ein wenig: »Du veräppelst mich.«

»Würde ich an deiner Stelle auch denken. Ist aber nicht so«, flötete Ole vergnügt. »Komm, ich beweise es dir.«

Er ging dem erstaunten und verdutzten Lucas voraus, immer den Waldweg entlang. Ole war dermaßen gut gelaunt, dass er leise vor sich hin pfiff. Lucas hingegen war noch immer so verdattert, dass er Mühe hatte, das alles in eine Reihenfolge zu bekommen.

Am Rande des Waldes blieb Ole plötzlich stehen. »Angekommen«, sagte er begeistert. »Schau!«

Vor ihnen erhob sich eine riesige Burg. Sie war gigantisch groß mit einer hohen Außenmauer und mehreren Türmen mit spitzen Dächern. Um die Burg herum verlief ein breiter Wassergraben, über den eine Zugbrücke gespannt war, die zu einem der gigantischen Eingangstore führte. Die Ritter, die

Lucas und Ole vorhin erblickt hatten, ritten gerade über diese Brücke in die Burg ein.

»Wenn wir uns beeilen, dann können wir hinter ihnen herlaufen und auch in die Burg gelangen«, schlug Ole vor. »Ansonsten ziehen sie uns die Brücke vor der Nase hoch.«

»Warte noch«, sagte Lucas, der sich von dem Anblick dieser festlichen Anlage kaum losreißen konnte. Etwas Vergleichbares wie diese gewaltige Burg hatte er noch nie gesehen. Nicht einmal im Fernsehen oder in Büchern oder in Videospielen. Vor allem wirkte diese Burg ganz neu, als wäre sie gerade erst erbaut worden. Und die Tatsache, dass an der Seite der Anlage gerade eine Erweiterung im Aufbau war, unterstützte seine Vermutung.

Ole zog Lucas am Ärmel mit sich. »Gucken kannst du immer noch.«

Lucas ließ sich mitreißen. Die beiden rannten, so schnell sie konnten, über die weiten Grünflächen vor der Burg an den vielen Hütten vorbei, die sich rund um die Anlage angesiedelt hatten. Geradewegs steuerten sie auf das Burgtor zu und betraten die Zugbrücke genau in dem Moment, als eine Fanfare erklang.

»Schnell, sie ziehen die Brücke hoch«, erklärte Ole.

Und tatsächlich spürte auch Lucas in diesem Moment, wie der vordere Teil sich bereits aufrichtete.

»Beeil dich!«, rief Ole.

Die beiden hechteten über die Zugbrücke. Doch kurz bevor sie das Ende erreichten, war die Brücke bereits so steil angehoben, dass die zwei auf den letzten Metern ins Straucheln gerieten. Sie fielen auf das Holz und purzelten in das Burginnere.

Lachend rappelten sie sich vom Boden auf. Ole klopfte sich den Staub von der Hose, doch Lucas schaute sich bereits mit staunenden Augen um. Kein Zweifel: Sie mussten im ganz frühen Mittelalter gelandet sein, denn das hier konnte niemals inszeniert sein.

Der Burginnenhof war riesig. Eingerahmt von den meterhohen Schutzmauern und mehreren Gebäuden strahlte er eine ganz besondere Ruhe und Sicherheit aus.

Im Inneren waren überall Menschen unterwegs. Es gab Stände wie auf einem Markt, an denen heimisches Obst,

Gemüse, Hühner, Schweine, Kleidung oder auch Schmuck gehandelt wurden. Musiker und Gaukler boten ihre Kunst dar und freuten sich über die ein oder andere Münze, die ihnen zugeworfen wurde.

»Irgendwann musst du den Mund auch wieder zumachen«, riss Ole ihn plötzlich aus seinen Gedanken. »Sonst bauen sich Spatzen ein Nest darin. Ich wollte dir was Besonderes zeigen.«

»Ich sehe hier nur Besonderes!«, konterte Lucas.

»Dann eben was ganz besonders Besonderes.«

Die Ritter, die vor Ole und Lucas in die Burg eingeritten waren, lenkten ihre Pferde gerade auf einen Garten zu, der sich an der Seite der Burg befand. Ein riesiger Brunnen stand dort, vor dem man die Pferde festbinden und versorgen konnte. Mehrere Knappen erwarteten die Ritter bereits.

Der dahinterliegende riesige Garten wurde von hohen Rosensträuchern umrandet. In seiner Mitte befand sich ein ausladender Baum, dessen Zweige so tief herabhingen, dass sie den Boden berührten. Dieser Baum war tatsächlich etwas ganz Besonderes. Er wirkte alt und einladend. Gerade so, als könne er jeden beschützen, der sich hilfesuchend unter seine gebogenen Zweige stellte.

Ein alter Mann in einer braunen Kutte stand vor dem Baum. Gedankenverloren war er mit einigen Zweigen und Ästen beschäftigt. Lucas fand den Mann faszinierend: Seine hagere Gestalt und das zerlumpte Gewand – er war so ganz anders als die bunte Schar von Leuten, die sich in der Burg aufhielten.

Mit einem Mal schaute der Mann zu ihnen herüber, und Lucas duckte sich schnell hinter die Burgmauern. Ole hatte es nicht bemerkt. Sein Blick war weiterhin auf die Ritter gerichtet, die nun am Brunnen standen und sich angeregt unterhielten.

Langsam schaute Lucas um die Ecke. Er sah nach, ob der Alte noch in seine Richtung blickte, und gruselte sich: Nicht nur die Gestalt dieses Mannes war seltsam dünn, selbst sein Gesicht wirkte abgemagert, beinahe wie eingefallen.

Der Mann hielt den Blick fest auf Ole gerichtet, Lucas schien er nicht bemerkt zu haben.

Also beobachtete Lucas ihn weiter. Die Sonne spiegelte sich in einem Amulett, das der Mann an einem Lederband um den Hals trug. Trotz der Entfernung konnte Lucas es gut erkennen. Es waren zwei goldene Ringe, die ineinandergriffen. Die Sonne ließ das Gold der Kette leuchten. Und beinahe genauso hell leuchteten auch die Augen des Mannes unter der Kutte hervor. Der Mann blickte Ole scharf an. Sehr scharf. Doch dann wandte er sich ab und ging wieder seiner Beschäftigung nach.

Lucas trat vorsichtig aus seinem Versteck. Er vergaß alle Vorsicht, denn er hatte etwas bemerkt, das ihn nicht losließ: Am Fuße des riesigen Baumes bewegten sich Äste. Dünne, verknotete Äste, wie er sie vor dem Einkaufszentrum gesehen hatte.

Fasziniert ging er darauf zu, doch Ole zog ihn am Arm zurück. »Bist du verrückt? Du wirst noch entdeckt!«

»Oh!« Erst jetzt wurde Lucas wieder bewusst, wo er sich befand. »Entschuldige!«

Lucas ließ seinen Blick noch einmal durch den Innenhof gleiten. »Können sie uns sehen?«

»Die Menschen hier? Nein. Wir sind wie unsichtbare Geister für sie. Zumindest für die meisten. Einige könnten uns erblicken. Magier zum Beispiel. Oder Einhörner.«

Lucas blieb stehen und riss die Augenbrauen in die Höhe. »Einhörner?«, fragte er völlig verdutzt.

Doch Ole lachte nur auf. »Nein, das war nur ein Scherz ... Magier sehen uns schon. Aber Einhörner natürlich nicht, so etwas gibt es nicht.«

Lucas fand das alles nicht ganz so witzig wie sein neuer Freund und wechselte das Thema: »Wo ist Nathanael in dieser Zeit? Wir müssten ihm doch auch begegnen können.«

»Er hält sich selten hier draußen auf. Meistens sitzt er in seiner Stube und lernt oder macht seine Magieübungen.«

Lucas ließ sich von Ole zu dem größten der Gebäude führen. Ein riesiges Haus am Ende des Burghofes. Allein der Eingang war schon so groß, dass Lucas' Zuhause dort hineingepasst hätte.

»Wir kommen jetzt zu dem Thronsaal«, erklärte Ole, und in Lucas kribbelte es vor Neugier.

»Wer ist denn hier der König?«, fragte er und brachte damit Ole wiederum zum Kichern.

»Genau das sollst du mir ja sagen«, erwiderte er, als sie

durch das riesige Eingangstor zu dem Gebäude schritten, das von mehreren bewaffneten Rittern bewacht wurde.

Riesige halbrunde Fenster erhellten diesen gigantischen Saal, dessen Wände über und über mit Schwertern, Schilden und Ritterhelmen verziert waren. Dazwischen hingen Gemälde, die Blüten zeigten, in die Namen geschrieben worden waren, die Lucas allerdings durch die mittelalterliche Schrift nicht auf Anhieb entziffern konnte. Ihm blieb aber auch keine Zeit dafür, denn Ole machte ihn auf die Stirnseite des Saales aufmerksam.

»Wow!«, entfuhr es Lucas, als er den prächtigen Thron hinter einem übergroßen Tisch erblickte. Ein Thron aus dunklem Holz, der mit kunstvollen Schnitzereien verziert war.

Ole stieß Lucas in die Seite. »Nicht der Thron«, sagte er nur. »Der Tisch!«

Lucas ging darauf zu. Der Tisch war rund und mit Malereien übersät. Auf den ersten Blick wirkte er fast wie eine übergroße Dartscheibe, denn weiße und grüne Flächen liefen von der Außenseite her spitz auf die Mitte zu. Am äußeren Rand des Tisches waren Namen in die grünen und weißen Felder eingetragen worden. Bloß an der Stelle vor dem Thron gab es statt eines Namens die Abbildung eines Königs mit einem goldenen Zepter in der Hand und einer mächtigen Krone auf dem Kopf.

Dieser Tisch wirkte majestätisch. Lucas versuchte, die Namen auf dem äußeren Rand zu entziffern. Es waren vierundzwanzig Felder mit vierundzwanzig Namen, die allerdings sehr eng geschrieben waren. Dieses Mal ließ ihm Ole alle Zeit, die er brauchte. Ganz geduldig stellte er sich hinter Lucas und sah ihm zu.

Lucas beugte sich über den Tisch. Auffällig war, dass sich vor jedem dieser Namen ein großes »S« in roter Farbe befand, während die Namen selbst in schwarzer Schrift waren.

Der erste Name, den er entziffern konnte, war »S Bors«, doch das sagte Lucas erst einmal nichts. Er ging um den Tisch herum und erkannte neben dem aufgemalten Bild des Königs den Namen »S Galahad«, und nun begann es in Lucas zu brodeln. Diesen Namen hatte er schon einmal gehört. Oder gelesen. Oder gesehen. »S Galahad«. Nein, es wollte ihm nicht einfallen, woher er ihn kannte.

Also ging er ein Stück weiter um den Tisch herum. Er traf auf den Namen »S Parceval« und stutzte erneut.

»Parceval ... Parceval ...«, murmelte er grübelnd. »Das klingt doch wie ...« Und nun verschlug es ihm den Atem. »Das kann nicht sein«, brachte er hervor. »Das ist unmöglich!«

Ole lächelte beeindruckt. »Ahnst du schon, was das ›S‹ vor jedem Namen bedeuten könnte?«, fragte er, um Lucas einen Tipp zu geben.

Lucas nickte. »Ja, aber das kann nicht sein ...« Nun schritt er schneller den Tisch ab. »Ich suche einen ganz bestimmten Namen, wenn ich den finde, bin ich mir sicher.« Und dann hielt er plötzlich inne, er hatte ihn gefunden. »Hier steht Lancelot. Das ist der Platz von Sir Lancelot. Ole ... Wir stehen hier an einem Tisch der bedeutendsten Ritter der Menschheit. Wir stehen an König Artus' Tafelrunde.«

Kapitel 9

Nun blickte Lucas auf, ließ seinen Blick durch den Saal schweifen und durch den riesigen Eingang auf den Burginnenhof. »Ole, wir sind in Camelot, am Hofe König Artus' und seiner Tafelrunde.«

Kaum hatte er das ausgesprochen, da verblassten die Wände des Thronsaals mit einem Mal. Die Tafelrunde und der Thron vor ihm lösten sich auf. Die ganze Burg um sie herum verschwand, und an die Stelle der prächtigen Burgmauern traten die schmutzigen Wände der Fabrikhalle, und statt des glanzvollen Eingangstores zeigte sich der brüchige Eingang zur Halle.

Lucas hätte sich am liebsten an dem schweren Holztisch festgehalten. Er wollte nicht zurück, bevor er ganz Camelot kennengelernt hatte. Er wollte noch Artus sehen und Lancelot.

Doch als er schließlich in das offene, lächelnde Gesicht Nathanaels blickte und an seiner Seite die ungeduldig wartende Li-Feng entdeckte, spürte er, dass die Stunde gekommen war, um alle Geheimnisse zu lüften.

»Nun, wie hat dir dein Ausflug gefallen?«, erkundigte sich Nathanael gut gelaunt, obwohl er die Antwort natürlich bereits ahnte.

»Es war unglaublich«, stieß Lucas hervor und überschlug sich beinahe mit der Stimme. »Nein, es war gigantisch. Nein, es war unglaublich gigantisch. Und selbst das trifft es nicht einmal!«

Ole stellte sich an Lucas' Seite. »Und er war sehr schnell. Kaum hatte er den Tisch gesehen, da wusste er schon, wo wir waren.«

Nathanael nickte beeindruckt. »Kompliment, Lucas. Das könnte ein Rekord sein. Du kennst dich also aus mit Artus' Geschichte?«

»Ja, schon«, erwiderte Lucas. »Ich habe mich immer schon für König Artus und die Tafelrunde interessiert. Ich habe mehrere Bücher dazu und sogar ein Computerspiel. Aber selbst dort zu stehen ... das war ... WOW!«

»Weißt du, Lucas, ich habe ihn beraten, König Artus persönlich«, erzählte Nathanael mit einer Spur Stolz in der Stimme.

Auch wenn Lucas schon mehrere Male an diesem Tag ins Staunen geraten war, so war das nichts gegen die Reaktion, die er jetzt zeigte. »Sie? Sie kennen ihn persönlich? Artus? Wie kann das denn sein? Wer hat Sie denn auf die Zeitreise geschickt?«

Nathanael hob eine Hand, um Lucas zu bremsen. »Nicht die Anzahl der Fragen macht einen neugierigen Menschen aus, sondern die Qualität seiner Fragen«, sagte er. »Das habe ich ...«

»... von Merlin immer gesagt bekommen, wenn ich zu vorwitzig war«, beendeten Ole und Li-Feng den Satz und grinsten sich breit an.

»Oh, hab ich das schon mal erwähnt?«, wunderte sich Nathanael.

»Kaum«, beruhigte ihn Ole.

»Bestimmt nur zweihundertmal«, ergänzte Li-Feng.

»In der letzten Woche«, fügte Ole noch hinzu, dann kicherten sie wieder.

Nathanael musste nun ebenfalls über sich lachen und drehte sich wieder Lucas zu, während er unter seinem Hemd eine Kette hervorzog.

Lucas streckte einen Finger nach der Kette aus. Vorsichtig, als könne er mit einer unachtsamen Bewegung alles zerstören, berührte er die Stelle, an der die beiden goldenen Ringe der Kette sich verbanden.

»Solch eine Kette habe ich in Camelot gesehen«, sagte er.

»Da stand ein Mann in einem Garten, und er trug genau die gleiche um den Hals.«

»Hat der Mann dich gesehen?«, erkundigte sich Nathanael.

Lucas versuchte, sich zu erinnern. »Ich glaube nicht. Er hat nur in meine Richtung geschaut, aber vielleicht hat er Ole gesehen.« Vor seinem geistigen Auge sah er wieder den hageren Mann, der mit den Zweigen des Baumes beschäftigt gewesen war. »Dieser Mann dort, in der Kutte, das muss ein Magier gewesen sein!«

»Shalamar«, bestätigte Nathanael, und Wut klang in seiner Stimme mit. »Du hast ihn also gesehen. Das ist gut.«

Lucas berührte noch einmal die beiden Ringe an Nathanaels Kette. »Dann sind Sie also auch ein Magier. Und Sie waren gemeinsam am Hof von König Artus ...« Noch vor wenigen Stunden hätte Lucas sich selbst für verrückt erklärt. Doch hier, innerhalb der Fabrikmauern, schien das alles selbstverständlich zu sein.

Nathanael nickte ein weiteres Mal. »Ja, so ist es. Ich wurde als Kind verschenkt. Ich war eine Gabe für König Artus.«

»Verschenkt?«

»Man sagt, ich habe als Säugling nicht geschrien, als ich das Licht der Welt erblickte, sondern etwas gemurmelt. Und die Tradition besagt, dass Kinder, die nicht schreien, sondern schon Worte benutzen, magische Kräfte besitzen.«

»Davon habe ich noch nie gehört«, antwortete Lucas.

»Es gehört zu dem geheimen Wissen der Magier. Ein

Wissen, das früher nur von Magier zu Magier weitergegeben wurde.«

»Ein Kind als Geschenk«, wiederholte Lucas. Ein Gedanke, der ihm nicht gefiel. »Dann wissen Sie also gar nicht, wer Ihre Eltern sind?«

»Der erste Mensch, an den ich mich erinnere, war Merlin. Er war mir Vater, Lehrer und Freund. Alles, was ich bin, verdanke ich ihm. Und alles, was ich weiß und kann, geht auf ihn zurück.«

»Aber Sie waren nicht allein bei Merlin, oder?«, hakte Lucas nach.

»Wir waren zu zweit, Shalamar und ich. Wir wurden wie Geschwister erzogen und unterrichtet.«

Lucas musste sich setzen. Alles, was er zu hören bekam, brachte ihn ganz schön ins Grübeln. Er ließ sich auf einer Stahlkiste nieder, die am Rand der Fabrikhalle stand. »Man sagt, Artus habe im fünften oder sechsten Jahrhundert gelebt. Sie sind also etwa eintausendsechshundert Jahre alt?«

»Zeit ist für mich völlig ohne Bedeutung«, antwortete Nathanael mit einer traurigen Stimme. »Ob ein Jahrhundert oder ein Jahrtausend. Das macht für mich keinen Unterschied. Ich bin an einen Zauber gebunden«, sagte Nathanael. »Ein Fluch kettet mich an die Jahrhunderte. Und auch an Shalamar und meinen Auftrag.«

»Ein Auftrag, bei dem Sie meine Hilfe brauchen«, stellte Lucas fest.

»Genau. Ole und Li-Feng stehen mir schon seit einigen Monaten bei. Aber du hast uns noch gefehlt, Lucas.«

Lucas richtete sich auf der Kiste auf und sah Nathanael fest in die Augen: »Erzählen Sie mir alles.«

Nathanael zog sich ebenfalls eine Kiste heran. Er setzte sich Lucas direkt gegenüber. Ole kam an Lucas' Seite, und Li-Feng nahm auf dem Boden zwischen den beiden Kisten Platz. Auch sie wollten sich kein Wort entgehen lassen, obwohl sie diese Geschichte bestimmt schon tausendmal gehört hatten.

»Es war ein außergewöhnliches Leben, das wir am Hof von Camelot führten«, begann Nathanael seine Ausführungen. »König Artus gilt ja als einer der einflussreichsten und ehrwürdigsten Herrscher des frühen Englands, und das trifft auch beides zu.

Als Artus mit fünfzehn Jahren den Königsthron erbte, musste er zu Beginn seiner Regentschaft einige Kriege und Gefechte führen, die er sozusagen mitvererbt bekommen hatte. Doch nach und nach konnte er sich seinem größten Traum widmen: Frieden zu schaffen unter den Menschen. Hierzu führte er die Tafelrunde ein. Einen Tisch, an dem er sich mit den klügsten und tapfersten Rittern seines Landes beraten konnte. Dieser Tisch hatte eine runde Form erhalten, damit alle anwesenden Ritter gleichgestellt waren. Keiner von ihnen sollte das Gefühl haben, wichtiger als die anderen zu sein. Niemand sollte auf den Gedanken kommen, im Schatten der anderen zu stehen. Ein runder Tisch, alle gleichrangig. So herrschte an der Tafelrunde der Frieden, den die Ritter auch ins Land tragen wollten.«

Nathanael hob den Kopf und ließ seinen Blick durch die Fabrikhalle schweifen. Lucas vermutete, dass vor seinem geistigen Auge gerade das mittelalterliche Camelot entstand. »Tatsächlich war es eine Blütezeit für Camelot und sein Volk. König Artus erwies sich als weise und gerecht, die Ritter der Tafelrunde als edel und ehrenhaft. Was allerdings kein Wunder war, denn sie alle unterstanden dem klügsten Berater, den man sich nur wünschen konnte.«

»Merlin«, flüsterte Lucas.

Und Nathanael nickte: »Genau, Merlin. Nie hatte es einen besseren Berater gegeben als ihn. Und Artus vertraute Merlin.«

Lucas verstand. »Aber etwas muss doch schiefgelaufen sein.«

Nathanaels Gesichtsausdruck verdüsterte sich, als er sagte: »Stimmt, Lucas. Denn es kam, wie es leider immer kommt: Manche Menschen halten friedliche Zeiten nur ganz schlecht aus. Sie versuchen, die Zufriedenheit und das Glück der Mitmenschen für sich auszunutzen. Daher ist Frieden niemals sicher. So verrückt das klingt: Man muss regelrecht um den Frieden kämpfen.«

»Was war geschehen?«, hakte Lucas noch einmal nach.

Nathanael blickte ihn nachdenklich an. »Ich werde es dir zeigen«, sagte er, und Lucas ahnte, was das bedeutete.

»Wir kommen mit!« Li-Feng und Ole sprangen von ihren Plätzen auf und stellten sich rechts und links neben Lucas.

»Gebt acht, dass euch niemand entdeckt«, gebot Nathanael noch, dann erhob er sich von seinem Platz und blickte sich zu den Fenstern der Fabrik um, damit er den Stand der Sonne einschätzen konnte, bevor er einen Schritt zur Seite machte und damit seinen großen Schatten auf die drei Freunde vor ihm fallen ließ.

Wieder wurden Lucas, Ole und Li-Feng in einen Strudel aus Lichtpunkten getaucht, das Bild der Fabrikhalle löste sich um sie herum auf, und eine völlig neue Umgebung empfing sie: der Rittersaal, in dem Ole vorhin Lucas die Tafelrunde gezeigt hatte.

Doch nun war der Saal nicht leer und verlassen. Jeder Platz der Tafel war besetzt. Lucas konnte kaum glauben, was er sah. Rund um die Gruppe herum liefen Diener mit Krügen und Körben. An den Wänden standen wie aufgereiht mehrere Ritter in ihren Rüstungen. Wahrscheinlich das Gefolge der Tafelritter, dachte Lucas noch, als eine donnernde Stimme ihn aufschrecken ließ: »Jahre um Jahre haben wir uns um den Frieden bemüht. Haben für Sicherheit und Wohlstand in unserem Land gesorgt. Haben das Volk gestärkt und die Feinde verschreckt. Haben uns ein Land der Einheit geschaffen.«

Die Ritter der Tafelrunde saßen wie versteinert auf ihren Sitzplätzen. Die Dienerschaft verharrte. Alle Blicke waren zu dem Redner an der Tafel gerichtet, demjenigen, der die Krone trug.

»Artus«, flüsterte Lucas.

»Psst!«, machte Li-Feng und zog ihn zur Seite hinter einen Vorhang, der als Raumschmuck an der Wand hing. »Sei leise. Nicht dass irgendein Magier uns entdeckt! Man weiß ja nie, wer Zauberkräfte hat und wer nicht.«

Lucas nickte, aber er konnte den Blick nicht von Artus abwenden. Dieser Mann beeindruckte ihn wie noch kein Mensch zuvor. Selbst jetzt in seiner Wut war Artus eindrucksvoll und strahlend.

»Diese Ruhe, mit Verstand und Kraft geschaffen, wurde aber zerstört«, fuhr Artus weiter fort. »Von außen und von innen gab es Anfeindungen. Streit und Lügen aus anderen Ländern, aus dem eigenen Volk und, ja, sogar durch Ritter dieser Tafelrunde. Streit und Lügen, die Keile in unser Leben getrieben haben ...«

Nun trat von der Seite ein Mann an Artus heran, den Lucas ebenso beeindruckend fand wie Artus selbst. Mit einem langen weißen Bart und einem prächtig gestalteten Umhang.

War das etwa ...

»Höre, Artus«, sagte der Alte. »Lass uns in Ruhe alles besprechen. Lass uns ...«

»Schweig, Merlin«, rief Artus erbost, und Lucas lief es eiskalt den Rücken hinab. Er blickte gerade auf Merlin, einen der mächtigsten Magier der Weltgeschichte, und auf Artus, den legendären König.

Merlin fuhr erschrocken zurück. »Artus, hör doch!«

»Es reicht!«, brüllte Artus so wütend zurück, dass Lucas, Ole und Li-Feng in ihrem Versteck zusammenzuckten. »Es wurde genug zugehört. Genug gesprochen. Genug versucht.«

Er beugte sich vor und griff mit beiden Händen das Tischtuch, das über die ganze Tafelrunde gelegt worden war. »Wir waren eins, die Ritter der Tafelrunde, das Volk unseres Landes, Merlin und ich. Wir waren eine Einheit, die nur das Wohl und den Schutz der Menschen im Sinn hatte. Ich habe diese Tafelrunde stets als einen Zusammenschluss von treuen, ehrlichen Männern verstanden, die unsere Welt hätten verändern und verbessern können. Doch wieder einmal endete alles nur im Streit.«

Artus riss das Tischtuch in die Höhe. Er zog einen Dolch hervor und zerschnitt das Tuch in zwei Teile. »So, wie dieses Tuch der Tafelrunde zerteilt ist, so sind auch wir untereinander zerteilt worden. Unsere Einheit wurde zerrissen. Der Schnitt durch das Tuch ist ein Symbol für die Spaltung unter uns.«

Damit warf Artus beide Teile des Tuches auf den Tisch, wandte sich um und verließ wortlos den Saal.

Die Stille, die plötzlich den Saal erfüllte, war erdrückend. Lucas befürchtete schon, sie würden entdeckt werden, weil sein Herz vor Aufregung so fest gegen die Brust donnerte, dass alle es hören mussten.

Doch niemand bewegte sich. Alle starrten gebannt auf das zerrissene Tuch auf dem Tisch.

Bis endlich Merlin aus seiner Bewegungslosigkeit erwachte. Er seufzte tief. Dann blickte er in die Runde und ergriff schließlich die beiden Teile des Tischtuches.

»Seht nur«, sagte er mit belegter Stimme, während er die beiden Tuchstücke hochhielt. »Seht nur, wohin uns Lug und Trug gebracht haben.« Dann aber räusperte er sich und sprach lauter weiter: »Doch es soll nicht alles verloren sein!«, bestimmte er. »Fügt es wieder zusammen, dieses Tischtuch, wenn ihr das könnt und wenn ihr es wollt! Fügt es zusammen und schafft Frieden, indem ihr euch besinnt und wieder zueinanderfindet. Oder zerfetzt diese Tücher in viele Stücke, wenn ihr damit die Zwietracht und die Lüge und den Egoismus weiter in die Welt hinaustragen wollt.«

Er öffnete seine Hände, sodass die beiden Tücher aus seinen Händen glitten und zu Boden sanken. Alle Augen waren auf sie gerichtet.

Danach kehrte wieder erdrückende Stille in den Saal ein.

»Entscheidet weise«, durchbrach Merlins Stimme leise die Ruhe im Saal. »Lasst euch von euren Herzen lenken.« Damit wandte auch er sich von der Tafel ab. »Shalamar, Nathanael, kommt her!«

Nun wusste Lucas wirklich nicht, wie ihm geschah, als er zwei Jugendliche aus dem Hintergrund auftauchen sah. Der rechte Junge musste Nathanael sein. Er hatte dieselben Augen, dasselbe freundliche Gesicht wie der Nathanael, den Lucas bereits kannte. Bloß fehlten ihm noch der Bart und die verrückte Kleidung.

Der andere sah wie ein Abziehbild des Mannes aus, den Lucas heute an dem gigantischen Baum beobachtet hatte, bloß ebenfalls um viele Jahre jünger. Beide trugen ihre goldenen Anhänger um den Hals, und beide kamen auf Merlin zu, sichtlich bedrückt von dem, was sie erlebt hatten.

»Nehmt die Tuchstücke«, hörte Lucas Merlin zu den beiden sagen. »Rettet sie, bevor sie verlorengehen.«

Shalamar und Nathanael nickten. Während Merlin den Saal verließ, nahm sich jeder ein Stück des Tuches und folgte dem weisen Magier.

Die Ritter der Tafelrunde allerdings rührten sich noch immer nicht. Wie versteinert blieben sie auf ihren Plätzen, und auch die Dienerschaft bewegte sich nicht. Alle waren zu sehr von dem eingenommen, was gerade passiert war.

Auch Lucas stand wie gelähmt hinter dem Vorhang und konnte sich von den ganzen Eindrücken nicht losreißen. Bis Ole ihm in die Rippen stieß und ihn so aus den Gedanken riss. »Komm mit. Du sollst dir noch etwas ansehen.«

Er packte Lucas am Arm und zog ihn vorsichtig hinter sich her. Hinter Li-Feng verließen die beiden den Saal.

Sie liefen ein gutes Stück durch einen langen Gang, bogen um eine Ecke und blieben vor einem Raum stehen, dessen Tür weit geöffnet war.

Eine Stimme war zu hören, die Lucas sofort erkannte: »Aber was tust du denn da?«, rief der junge Nathanael aufgebracht.

Lucas, Ole und Li-Feng gingen in die Hocke und näherten sich der offenen Tür gerade so weit, dass sie sehen konnten, was dahinter vorging: Auf dem harten Steinboden kniete Shalamar und zerschnitt das Stück des Tischtuches, das er aus dem Rittersaal hierhergebracht hatte. Dabei lachte er schallend.

Nathanael stand mit der zweiten Hälfte des Tuches in der Hand daneben und redete auf Shalamar ein. »Hör auf! Wieso tust du das?«

Shalamar blickte zu ihm auf. »Ich tu das, was wir beide immer tun: Ich befolge Merlins Ratschlag!«

»Ratschlag? Nein, du tust das Gegenteil!«

Wieder lachte Shalamar. »Ich zerfetze das Tischtuch. Merlin selbst hat uns dazu geraten, wenn wir die Zeit des Friedens hinter uns lassen wollen. Ich verhindere, dass wieder diese erdrückende Ruhe in unser Land einkehren kann.«

Nathanael schüttelte heftig den Kopf. »Das war niemals Merlins Absicht. Das hast du falsch verstanden.«

»So?« Shalamar zog sein scharfes Messer erneut durch das Tuch hindurch. »Wir haben die Wahl, hat Merlin gesagt. Und wer braucht denn schon Frieden, Nathanael? Es ist doch wohl so, dass man in Zeiten des Krieges leichter seine Ziele erreichen kann. Mit kalter Wut und roher Gewalt erreicht man schneller das, was man will, als mit Gefasel über Ehrlichkeit und Tugenden.«

Nathanael stand das Entsetzen ins Gesicht geschrieben. »Das kommt darauf an, welche Ziele man sich setzt und welche Ergebnisse man erreichen möchte«, entgegnete er, doch wieder lachte Shalamar nur.

Nathanael schien den Schrecken abgelegt zu haben und

sprang auf Shalamar zu. Er versuchte, ihm die Tuchstücke zu entreißen. Doch Shalamar war schneller: Er wich blitzschnell zur Seite und lief aus dem Raum hinaus. Für einen kurzen Moment fiel sein Blick dabei auf Lucas und seine Freunde, doch er beachtete sie kaum.

Nathanael ließ sich in dem Raum auf die Knie fallen und hob zwei der herausgeschnittenen Stücke vom Boden auf. »Was hast du getan, Shalamar?«, seufzte er.

In diesem Moment löste sich das Bild des jungen traurigen Nathanaels auf, und es erschien das alte traurige Gesicht Nathanaels in der Fabrikhalle.

»Mit Sicherheit war es nicht Merlins Absicht gewesen, doch Worte eines so mächtigen Menschen können mächtige Dinge bewirken«, sagte er leise. »Die Worte, die Merlin im Thronsaal sprach, hatten nicht nur bei den anwesenden Menschen etwas bewirkt. Sie hatten einen Zauber heraufbeschworen. Was als Symbol gemeint war, entwickelte sich zu einem Fluch, in den Shalamar und ich direkt hineingezogen wurden. Seither hat es viel Leid in der Welt gegeben.« Er hob den Kopf und blickte den Freunden nacheinander fest in die Augen. »Li-Feng, Ole, Lucas – ihr wisst, wovon ich spreche. Viele Probleme, ja sogar Kriege, gehen auf diesen Streit zurück. Shalamar gelingt es immer wieder, Teile des Tuches an Menschen weiterzugeben, die nichts Gutes im Sinn haben. Er genießt es, Zwietracht zu säen und Völker zu zerstreiten. Seine Fähigkeiten scheinen dadurch zu wachsen. Er wird mächtiger mit jedem hinterhältigen Erfolg.«

Lucas fiel es schwer, sich von den Eindrücken in Camelot zu befreien, er hatte so viel gesehen und erlebt. »Und Ihre Aufgabe ist es, das zu verhindern?«, erkundigte er sich.

»Ich möchte das Tuch wieder zusammenfügen, um die Welt ein gutes Stück friedlicher zu machen. Doch Shalamar hat einige Teile weit verstreut. Über Kontinente und über Zeitepochen hinweg hat er die Stücke verteilt.«

»Wie viele Stücke gibt es denn?«, fragte Lucas.

»Ich kann es dir nicht sagen«, war die enttäuschte Antwort Nathanaels. »Wenn wir das Tuch eines Tages zusammenfügen können, werden wir es wissen.«

Kapitel 10

»Willkommen in meinem Reich!«, rief Nathanael und breitete die Arme aus.

»Wow!« Lucas war beeindruckt. Noch immer befanden sie sich in dem alten, verfallenen Fabrikgebäude, doch Nathanael hatte Lucas, Ole und Li-Feng in einen der hintersten Räume geführt. Ein Raum, den gewiss niemand außer ihnen je entdecken würde, denn er befand sich am Ende eines Labyrinths aus immer wieder abzweigenden Gängen.

»Mein kleines Avalon«, schwärmte Nathanael.

»Avalon?«, hakte Lucas nach. »Das war doch die Insel, auf die sich Artus gern zurückgezogen hat.«

Die Wände dieses versteckten Raumes waren von Efeu überwuchert, hier gab es frische Luft und es roch nicht nach altem Öl oder Muff wie in den anderen Hallen des Gebäudes. Das Dach bestand hauptsächlich aus Glasfenstern, sodass der Raum heller und einladender wirkte als der Rest der Fabrik.

Das Besondere jedoch waren die uralten Möbel, die hier standen: riesige gemütliche Sessel, ein gigantischer Schreibtisch aus dunklem Holz mit allerlei geschnitzten Verzierungen daran, ihm gegenüber stand ein breiter Schrank mit sieben Türen, ebenfalls geschmückt von aufwendigen Schnitzereien. Sogar ein Teppich lag hier aus. In einem warmen dunkelroten Farbton gehalten, mit einer goldenen Umrandung und einer gestickten Jagdszene in der Mitte.

»Mein eigenes Avalon«, wiederholte Nathanael in einem liebevollen Ton, »mein Klein-Avalon.«

Ole zeigte zur Tür, durch die sie hereingekommen waren, und kicherte: »Alles da draußen ist ja eher Aua-lon, was? Aber diese Bude hier hat schon Klasse!«

»Bude!« Lucas zwinkerte Ole zu.

»Nimm Platz«, bat Nathanael und kam gleich zur Sache: »Tatsächlich brauchen wir deine Hilfe. Einer wie du fehlt uns noch an unserer ... Na ja, Tafel kann ich es nicht nennen.« Er schielte zu dem riesigen Schreibtisch in der Mitte des Raumes. »Runde«, sagte er stattdessen. »Wir sind die Ritter der ›Ohne-Tafel-Runde‹.«

Sie lachten, und Lucas merkte, dass er diesem alten Mann schon vertraute.

»Wir sind eine gute Truppe. Oder zumindest versuchen wir,

das zu sein. Aber wie schon Merlin immer sagte: ›Es kommt nicht darauf an, wie gut die Waffenkammer gefüllt ist ...«

»... sondern wie gut die Herzen der Kämpfer gefüllt sind‹«, brachte Li-Feng den Satz zu Ende, doch Nathanael sprach schon weiter: »Wir haben einen Auftrag, Lucas, und den kannst du dir sicher schon denken: Wir wollen Shalamar daran hindern, weiter Unfrieden in der Welt zu stiften.«

»Kann ich verstehen«, gab Lucas zurück. »Aber das geht doch nur, wenn ihr die Fetzen des Stoffes habt.«

Nathanael lächelte zufrieden. »Das hast du richtig verstanden. Wir müssen Nathanael die Stücke des Tuches, die sich noch in seinem Besitz befinden, abnehmen und diejenigen, die er verteilt hat, wieder einsammeln und hierher zurückbringen.«

Damit ging er zu dem riesigen Schreibtisch, kniete sich davor, öffnete eine der verzierten Schubladen und nahm vorsichtig ein Stück Tuch heraus.

Lucas ging staunend darauf zu. »Das ist jetzt aber nicht etwa ...« Er streckte eine Hand danach aus.

Nathanael erhob sich und faltete das Tuch auseinander. Es war uralt, aber das eingearbeitete Bild einer Rosenranke war noch immer gut zu erkennen. Der Stoff war etwa in der Hälfte grob zertrennt worden und hatte im Lauf der Jahrhunderte sehr gelitten. Das ganze Tuch wirkte für jeden normalen Betrachter schäbig, beinahe lumpig. Doch Lucas sah nicht den Stoff, er erkannte die Bedeutung dieses Tuches.

Ganz vorsichtig legte Lucas seine Fingerspitzen auf das Gewebe, und sofort lief ihm ein Schauer über den Rücken. »Diesen Stoff haben schon Merlin und Artus berührt«, brachte er ehrfürchtig flüsternd hervor. »Und Lancelot und Gawain und alle Ritter der Tafelrunde.«

»Und nun auch du«, erwiderte Nathanael und legte den Stoff zurück in das Fach des Schreibtisches.

In Lucas' Fingerkuppen kribbelte es, als hätte er etwas Elektrisches ... oder ja, etwas Magisches angefasst.

Nathanael wurde in diesem Moment sehr ernst. »Wir brauchen noch jemanden, der schnell Situationen erfassen und dann entsprechend handeln kann, der Rätsel wie kein Zweiter löst und für seinen schnellen Verstand bekannt ist. Dabei haben wir an dich gedacht. Wir beobachten dich schon eine ganze Weile, Lucas, und erachten dich für würdig.«

Ole und Li-Feng nickten heftig.

»Wir müssen dich noch einmal auf Zeitreise schicken«, erklärte Nathanael weiter. »Wir müssen erfahren, was Shalamar im Schilde führt, wo er die Fetzen des Stoffes versteckt hält und wie viele er bereits weitergegeben hat.«

»Das alles soll ich herausfinden?«, hakte Lucas nach. Er wollte sich das selbst nicht zutrauen. »Zum Glück kommen Ole und Li-Feng mit mir.«

Nathanael hob einen Zeigefinger. »Da liegt das Problem«, sagte er. »Ole muss bei mir bleiben und diese Hallen hier bewachen. Wenn ich dich mit meiner Magie auf Reisen schicke, bin ich hoch konzentriert. Sollte irgendjemand zufällig hier hereinkommen und meine Konzentration stören, wärst du vielleicht verloren, Lucas.«

Das sah Lucas ein. Sein Blick wanderte zu Li-Feng, die ihn aufmunternd anlächelte. »Aber sie kommt doch bestimmt zum Schutz mit mir mit, oder?«

An dem Bedauern in Nathanaels Blick konnte Lucas die Antwort schon ablesen. »Li-Feng ist eine hervorragende Kriegerin«, antwortete er. »Sie ist eine Meisterin der Kampfkunst und eine perfekte Kletterin.«

Jetzt wurde Li-Fengs Grinsen noch breiter und auch ein bisschen stolz.

Lucas war beeindruckt. »Echt? Dann sind wir doch ein super Team.«

»Oh, das ist leider nicht möglich«, entgegnete Nathanael. »Li-Feng wird ebenfalls hier gebraucht. Sie wird vor der Halle postiert.« Als er Lucas' Gesichtsausdruck sah, fügte Nathanael hinzu: »Du musst das verstehen, Lucas. Du bist neu in unserer Gruppe. Ich werde dich zum ersten Mal auf eine Reise schicken. Und da muss ich in höchstem Maße konzentriert sein. Die kleinste Ablenkung hier könnte für dich gefährlicher werden als alles, was dich dort erwartet. Ich muss diesen Raum unbedingt absichern. Wenn alles gut geht und wenn ich deine Reise sicher kontrollieren kann, wirst du beim nächsten Mal nicht mehr alleine sein.«

Lucas wagte kaum, die nächste Frage zu stellen: »Sie werden auch nicht mit mir kommen?«

»Mir ist es leider unmöglich, Zeitreisen zu unternehmen. Merlin hatte mich einst unterrichtet, wie ich Menschen beistehen und sie leiten und lenken kann. Meine Magie auf mich selbst anzuwenden, ist mir fast unmöglich.«

Li-Feng trat an seine Seite. »Bei Shalamar ist es übrigens genau andersherum«, erklärte sie. »Er kann sich selbst in alle Zeiten und an alle Orte zaubern, doch dafür hat er kaum Einfluss auf die Menschen in seiner Umgebung. Das geht nur mit den Fetzen des Tuches.«

Nathanael nickte. »Daher kann ich zwar dich nach Camelot schicken, Lucas. Doch dich begleiten, das kann ich leider nicht.«

»In Ordnung, dann werde ich es alleine tun.« Zwar war ihm etwas mulmig zumute, aber Lucas war auch stolz, dass Nathanael ihm diese Aufgabe zutraute.

Nathanael ging vor ihm in die Hocke und legte eine Hand auf seine Schulter. »Es ist gefährlich, Lucas. Das ist mir bewusst. Es wird auch nicht leicht werden für dich. Aber ...«

»... manchmal gibt es Dinge, für die es sich lohnt zu kämpfen«, vollendete Lucas den Satz. So etwas hatte er schon mal in einem Film gehört.

Nathanael war begeistert. »Das hast du sehr gut formuliert.

Es lohnt sich immer, für das Gute einzustehen.« Er erhob sich und machte ein feierliches Gesicht. »So frage ich dich denn in aller Form und mit allem gebührenden Respekt: Lucas, möchtest du dich uns anschließen? Nimmst du die gefährliche Herausforderung an?«

Inzwischen war der Mond über dem Raum aufgegangen. Nathanael trat einen Schritt zur Seite, sodass sein Schatten Lucas fast erreichte.

Lucas blickte zu Nathanael auf und versuchte, ein ebenso feierliches Gesicht zu machen, als er verkündete: »Ich bin stolz und glücklich, von Ihnen berufen worden zu sein. Gern trete ich meine Aufgabe an.«

Nathanael strahlte vor Begeisterung. Er breitete die Arme aus und hielt Li-Feng und Ole seine Hände hin, die sie umschlossen. Die beiden ergriffen auch Lucas' Hände, sodass sich der Freundeskreis schloss.

»So lasst uns mit dem Auftrag beginnen«, verkündete Nathanael, und dieses Mal war Lucas nicht der Einzige, der eine Gänsehaut bekam.

Kapitel 11

Lucas rannte durch die vom Mond erhellte Nacht, als sei der Teufel hinter ihm her. Rechts und links von ihm liefen Ole und Li-Feng.

»Sowas Doofes«, knurrte Lucas.

»Sowas Blödes«, murrte Ole.

»Blöd, sowas Doofes«, schimpfte Li-Feng.

Sie alle drei wären am liebsten sofort ins Mittelalter-Abenteuer gestartet. Doch Nathanael hatte ihnen aufgetragen, erst mal nach Hause zu gehen, bevor ihre Eltern sich Sorgen machten.

»Das wäre Lancelot nicht passiert!«, schnaubte Lucas.

»Die Geschichte von Camelot beginnt nicht mit ›als Artus seinen Eltern eine gute Nacht wünschte‹, oder?«, pflichtete Ole ihm bei.

»Helden sollten allzeit bereit fürs Gefecht sein und nicht fürs Abendbrot mit Mama und Papa«, fand Li-Feng. Dann blieb sie stehen und rang nach Atem. »Macht's gut. Ich muss hier abbiegen. Gleich dahinten steht unser Haus. Aber vorher sollten wir noch einen Schlachtruf wie den von den Musketieren einführen – schließlich sind wir jetzt ein Team!«

Ole nickte eifrig. »Oh ja, ich habe auch schon eine Idee! Keine Gefahr, ob groß, ob klein, kann stark wie uns're Freundschaft sein!« Lucas und Li-Feng waren sofort einverstanden. Alle streckten ihre Hände aus, legten sie übereinander und sagten den Spruch auf.

Lucas' Eltern staunten nicht schlecht, als er nach dem Abendbrot schon auf sein Zimmer wollte.

»Was? Jetzt schon?« Der Blick seiner Mutter wanderte zur Uhr und wieder zurück zu Lucas.

»Kein Gemurre?«, wunderte sich auch sein Stiefvater. »Das hat es die letzten Jahre noch nie gegeben.«

Die letzten Jahre stand mir ja auch nicht das Abenteuer meines Lebens bevor, dachte Lucas und antwortete schnell: »Bin müde. Irgendwie.«

»Du wirst doch nicht krank werden, oder?«, fragte seine Mutter besorgt und hatte in der nächsten Sekunde schon die Hand auf Lucas' Stirn gelegt.

Das war das Stichwort für Lucas. »Ich hoffe nicht. Aber irgendwie war mir schon komisch heute«, gab er zur Antwort und hoffte, endlich erlöst zu werden. Er musste los! Jetzt gleich!

»Vielleicht legst du dich tatsächlich besser hin«, schlug seine Mutter vor, ohne die Hand von Lucas' Stirn zu nehmen. »Ich sehe später nach dir«, sagte sie, doch Lucas schrak auf: Das geht nicht!, schoss es ihm durch den Kopf. Dann würde er ja nicht da sein! Doch da hatte er auch schon eine Lösung: »Mir wäre es lieber, wenn du mich dann einfach schlafen lässt, Mama. Wenn ich mitten in der Nacht geweckt werde, brauche ich manchmal Stunden, um wieder einzuschlafen.«

Man sah ihr an, dass ihr das nicht recht war. »Aber ich will doch nur wissen, ob du ...«

»Und dann hänge ich morgen in der Schule durch und vermassele die Mathearbeit.« Das war eine absolute Notlüge.

Doch seine Mutter schaute rasch zum Kalender, sah den Eintrag »Mathearbeit« unter seinem Namen und stimmte tatsächlich zu: »Also, einverstanden. Ich darf nach dir schauen ...«

»... aber Anfassen und Füttern ist verboten«, grätschte ihr Lucas dazwischen. »Wie in jedem guten Zoo. Danke!« Er stand wie ein alter Mann von seinem Platz auf und ging stöhnend nach oben. »Die Ruhe wird mir guttun«, murmelte er mit einer Stimme, als trage er die Last der ganzen Welt auf seinen Schultern.

Doch seine Mutter schien überzeugt: »Schlaf dich aus, Lucas. Morgen sehen wir dann weiter.«

»Schlaf gut!«, rief ihm sein Stiefvater hinterher, und sogar seine kleine Schwester quietschte: »Und kotz nicht ins Bett!«

Lucas musste sich ein Lachen verkneifen. Sie war ganz schön frech.

Die ersten Stufen schlich er noch wie ein Achtzigjähriger hinauf. Doch schon ab der Mitte der Treppe hastete er zwei Stufen auf einmal nehmend in sein Zimmer, wo er alle seine Kuscheltiere so in seinem Bett anordnete, dass sie wie sein eigener Körper wirkten, als er die Bettdecke darüberwarf.

»Hoffentlich merkt Mama nicht, dass ich gar nicht im Bett liege«, murmelte er für sich. »Sie wäre überrascht, wenn mir in den letzten Stunden ein Teddybärenfell übers Gesicht gewachsen wäre.«

Lucas öffnete sein Schlafzimmerfenster und kletterte auf die Fensterbank. Diesen Weg hatte er bisher erst dreimal genommen, als er zu einem Kumpel geschlichen war. Mit Schwung ließ er sich hinab, ergriff die Regenrinne und hangelte sich daran hinunter. Mit drei großen Sätzen huschte er über den Vorgarten, rannte auf die Straße und beeilte sich, zu der vereinbarten Kreuzung zu kommen, an der Ole und Li-Feng schon auf ihn warteten. »Endlich!«, rief Li-Feng, und Ole musste lachen.

Kapitel 12

»Ich weiß nicht, was dich erwarten wird«, sagte Nathanael, als er in Klein-Avalon Lucas fest in die Augen sah. »Ich rate dir, beginne an dem riesigen Baum, an dem du Shalamar bereits gesehen hast. Ist dieser Baum nicht einzigartig? Er wurde einst von Merlin selbst für uns gepflanzt. Er sollte ein Symbol sein für die Freundschaft, die zwischen mir und Shalamar wachsen sollte – eben wie dieser Baum. Doch während er größer und größer wurde, entfernten sich Shalamar und ich immer weiter voneinander. Den Rest der Geschichte kennst du ja bereits.«

Und plötzlich kam Lucas ein völlig anderer Gedanke: »Warum soll ich herausfinden, was Shalamar plant oder wo sich die Teile des Tischtuches befinden? Warum reisen wir nicht einfach an den Tag zurück, an dem Artus das Tuch zerstückelt hat und warnen ihn, das nicht zu tun?«

»Du hast völlig recht, Lucas, das ist eine gute Idee«, antwortete Nathanael. »Ich habe natürlich auch schon daran gedacht. Doch Merlin war der mächtigste Magier der Menschheit. Ein von ihm ausgesprochener Zauber lässt sich nicht so leicht rückgängig machen. Dazu reichen meine Kräfte nicht aus. Nein, er selbst hat uns die Lösung offenbart: Wenn wir die Teile des Tuches zusammenfügen, wird die Macht des Bösen gebrochen.«

Lucas war etwas enttäuscht. »Verstehe. Dann bleibt es also bei unserem Plan. Ich werde Sie nicht enttäuschen.«

Nathanael reichte Lucas eine Hand. »Ich danke dir, dass du uns unterstützt«, sagte er. »Und lass endlich dieses ›Sie‹. Wir gehören nun zusammen. Nenn mich Nathanael.«

Lucas strahlte über das ganze Gesicht. »Sehr gern!«

»Apropos *zusammengehören*«, rief Li-Feng in diesem Moment aus. »Nathanael, wir wollen dir etwas zeigen!«

Ole, Lucas und sie stellten sich so auf, dass sie mit Nathanael einen Kreis bildeten.

»Streckt eine Hand aus«, rief Ole, und sie legten allesamt, wie sie das von den vier Musketieren kannten, ihre Hände aufeinander.

Li-Feng sprach ihren neuen Schlachtruf aus: »Keine Gefahr, ob groß, ob klein, kann stark wie uns're Freundschaft sein.«

Nathanael lachte und sah Lucas aufmunternd an. »Bereit?«

Der nickte zögerlich. »Ich denke schon, aber wie bleiben wir in Kontakt? Also, haben wir sowas wie Funkgeräte oder Handys oder so?«

Nathanael musste erneut lachen. »Die würden auf Camelot sehr unpassend wirken. Nein, Lucas. Wir haben etwas anderes. Komm mit.«

Nathanael verließ die Fabrikhalle, und Lucas folgte ihm. Hinter einem dichten Gebüsch zog Nathanael einen Sack hervor, öffnete ihn und hielt ihn Lucas vor die Nase. »Such dir einen aus!«, bat er.

Lucas schaute in den Sack. »Das sind ja alles nur Steine«, stellte er entrüstet fest. Er hatte mit etwas Aufregenderem gerechnet.

»Magische Steine«, verbesserte Nathanael. »Direkt aus dem Boden unter Merlins riesigem Baum.«

Jetzt begann Lucas' Kopf doch zu kribbeln. »Steine von Merlin?«

»Ja, er hat uns beigebracht, die Kraft der Natur für unsere Magie zu nutzen.«

Lucas streckte die Hand danach aus. »Was können sie?«

»Such dir einen aus, dann werde ich es dir zeigen«, antwortete Nathanael.

Lucas nahm einen Stein heraus, er erinnerte ihn in seiner Form an einen Geist.

»Der«, sagte Lucas bestimmt und hielt ihn Nathanael entgegen. »Der gefällt mir.«

Nathanael nahm den Stein und verstaute den Sack wieder unter dem Gebüsch. Zurück in der Fabrikhalle legte er den Stein auf einer Kiste ab.

»Gib mir deine Hand«, bat er Lucas, während er sich neben die Kiste kniete.

Lucas folgte Nathanaels Anweisungen, der nahm Lucas' Hand in seine Linke und legte die Rechte auf den Stein. Er schloss die Augen und flüsterte leise, konzentriert.

Und Lucas spürte ein Kribbeln in seinem Körper. Nur ganz kurz, dann war alles vorbei. Nathanael öffnete die Augen und richtete sich wieder auf.

»Und jetzt?«, wunderte sich Lucas, als hinter ihm ein Echo erklang: »Und jetzt?«, hallte es durch die riesige Fabrik.

Lucas erschrak und blickte sich um. Sein Blick fiel auf den Stein.

»Hat er gerade geantwortet?«, fragte Lucas, als er sah, wie der Schatten des Steins an der gegenüberliegenden Wand zu sprechen begann.

»Hat er gerade geantwortet?«, wiederholte der Schatten des Steins in hallendem Ton.

»Das gibt es nicht!«, sagte Lucas und musste grinsen.

»So werden wir Kontakt zu dir halten«, erklärte Nathanael. »Alles, was du sprichst, und alles, was du hörst, wird über deinen Schattenriss an uns herangetragen werden.«

Lucas konnte den Blick kaum von dem Schatten abwenden.

»Kann ich euch ebenfalls hören?«, fragte er, und der Schatten des Steins stellte Sekunden später dieselbe Frage.

Nathanael schüttelte den Kopf. »Das geht leider nicht. Wir können nur dich hören.« Er nahm den Stein in die Hände, und der Schatten verschwand.

»Ich kann also keine Fragen stellen oder euch um Infos bitten?«, fragte Lucas.

Nathanael schüttelte den Kopf, und Lucas hatte ein mulmiges Gefühl im Bauch.

»Solltest du jemals in Gefahr geraten, werde ich dich natürlich zurückholen«, sagte Nathanael.

Lucas atmete tief ein und blickte zu Ole und Li-Feng, die ihn aufmunternd anlächelten und die Daumen nach oben hielten. »Einverstanden, dann bin ich jetzt bereit.«

Er hoffte inständig, dass er wusste, was er tat. Innerhalb der letzten Stunden hatte sich sein Leben dermaßen auf den Kopf gestellt, dass er von sich selbst überrascht war, wie wenig Angst er hatte – er freute sich auf dieses Abenteuer.

Nathanael lächelte. »Du bist der Richtige für diese Aufgabe. Glaub mir.«

Nathanael stellte Lucas' Stein wieder auf die Kiste, sodass er erneut einen deutlichen Schatten auf der Wand hinterließ. Dann schaute er wieder einmal zu den Fenstern der Fabrikhalle. Draußen herrschte noch immer tiefe Nacht. Die Sichel des Mondes war zu sehen, doch das schien Nathanael zu genügen. Er richtete sich zu voller Größe auf und trat so vor Lucas, dass sein hauchfeiner Schatten, den er im Mondlicht warf, sich auf den Jungen legte und Lucas in einen Strudel aus Raum und Zeit gezogen wurde.

Alles wirbelte um ihn herum. Lucas sah, wie sich die Wände von Klein-Avalon auflösten. Er sah, wie sich die Gesichter von Nathanael, Ole und Li-Feng in die Länge zogen. Dann in die Breite, um schließlich ganz im Strudel der wirbelnden Bilder unterzugehen. Lucas wurde schwindlig, und er schloss die Augen.

Als er sie wieder öffnete, blickte er auf ein Dach aus grünem Laub. Er lag auf einem Waldboden, hatte den Blick in die Baumspitzen gerichtet. Lucas gönnte sich nur einen kurzen Moment, um einmal tief durchzuatmen, danach richtete er sich auf.

Den Weg nach Camelot kannte er ja bereits. Nathanaels Schattenzauber hatte Lucas exakt an die Stelle gebracht, an der er auch mit Ole gelandet war. Und so betrat er den schmalen Waldweg, auf dem sie den Rittern zur Burg gefolgt waren.

Wieder war es ein überwältigender Anblick, als Lucas Camelot erreichte. Für einen Moment nahm er sich die Zeit, diese prunkvolle Anlage auf sich wirken zu lassen.

Sein Blick fiel auf das Burgtor. Es war geöffnet, die Zugbrücke herabgelassen. Lucas konnte also mühelos den Innenhof betreten.

Wie bei seinem letzten Besuch herrschte auch heute wieder ein reges Treiben aus Marktbetrieb und Gauklervorführungen unter den schützenden Augen der Ritter und Wachen.

Lucas sah sich um. Niemand achtete auf ihn, alle Burgbewohner gingen ihrem Alltag nach, als wäre er nicht hier. Bis ihn plötzlich ein Augenpaar streifte. Eine ältere Frau, die hinter einem der Marktstände saß und Obst anbot, sah Lucas direkt an. Ihre Augen verengten sich zu Schlitzen. Dann wurde ihr klar, dass er nicht hierhergehörte, und ihm wurde klar, dass sie eine Magierin sein musste.

»Seht doch nur, dort!«, kreischte die Alte.

»So ein Mist«, fluchte Lucas. Er hechtete durch die Straßen davon und bog hinter einer Ecke in einen der Innenhöfe ab. Hier versteckte er sich hinter einem Pferdekarren und wartete.

Doch es geschah nichts. Lucas wurde nicht verfolgt.

Langsam kam er wieder zu Atem. »Das hier ist Camelot«, flüsterte er sich selbst zu. »Ein magischer Ort. Da muss ich auch mit magischen Leuten rechnen, oder?«

Wieder verfluchte er, dass er aus Klein-Avalon keine Antwort erhalten konnte.

Eine Weile blieb er in seinem Versteck sitzen und spitzte die Ohren. Bis er zwei Männer hören konnte, die an dem Hof vorbeikamen: »Ach, was die Alte immer so schreit. Du weißt doch, dass sie völlig verwirrt ist.«

»Wahrscheinlich hat sie nur einen Hund gesehen«, gab der andere Mann zur Antwort. »Ich glaube, sie ist verrückt.«

»Ja, oder Schlimmeres.«

Sie zogen davon, und Lucas wurde klar, dass er außer Gefahr war. Doch er musste vorsichtiger sein.

Auf dem Pferdekarren lagen Säcke, manche gefüllt mit Rüben, manche noch leer. Solch einen Sack griff sich Lucas, riss ihn am Boden und an den Seiten ein und zog ihn über. So sah er zwar aus wie ein völlig verarmter Junge, aber dadurch wurden seine Jeans und das Shirt größtenteils verdeckt. Damit würde ihn ein Magier vielleicht nicht so schnell entdecken.

Er traute sich wieder auf die Straße, machte einen großen Bogen um den Stand der alten Magierin und gelangte nach einiger Zeit wieder zu der Stelle im Burginnenhof, an der er beim letzten Mal Shalamar erblickt hatte. Er zuckte zusammen, als er Shalamar nun wieder dort stehen sah. Als wäre keine Zeit zwischen Lucas' beiden Besuchen vergangen, stand der Schüler Merlins noch immer an dem riesigen Baum mit den gebogenen Zweigen und war mit einigen Ästen beschäftigt. Lucas konnte nicht erkennen, was er tat, aber es musste wichtig und bedeutend sein, denn Shalamar schien seine Umwelt völlig vergessen zu haben.

»Ich muss näher heran«, sagte Lucas, wohl wissend, dass Nathanael, Li-Feng und Ole ihn hören konnten. »Shalamar ist mit irgendwas beschäftigt, aber ich kann nicht erkennen, was es ist.«

Er blickte sich kurz um, dann wagte er sich weiter vor. Er nutzte geschickt die Büsche und Mauern von Camelot als Deckung. Schließlich war er nur noch wenige Schritte von Shalamar entfernt. Aber was tat er da? Mitten in seinem Tun riss Shalamar plötzlich beide Hände in die Luft. Im gleichen Moment fiel etwas aus dem Baum und rannte hinter ihm über die Wiese davon.

Lucas versuchte zu erkennen, was über den Rasen davonlief, aber dafür war er noch zu weit entfernt. Dieses Etwas war klein. Höchstens so groß wie Lucas' Unterarm. Es war sehr schmal und rannte auf zwei Beinen.

Lucas kannte kein Tier, das sich so fortbewegte. Er konnte es aus seiner Position nicht richtig sehen, also stellte er sich ganz langsam auf.

Um ihn herum herrschte noch immer reger Betrieb. Wieder schoss ihm ein Gedanke durch den Kopf: Was war, wenn er diese Menschen hier berührte? War er dann auch wie ein Geist und sie würden durch ihn durchgehen, oder wäre es eher so, dass ...?

In diesem Moment geschah es: Eine Frau mit einem Korb stolperte über seine Füße. Sie schrie auf, wurde aber zum Glück von einer anderen Frau aufgefangen, sodass nichts passierte.

Doch sie war völlig durcheinander. »Wie ist das denn passiert?«, fragte sie und blickte zurück. »Da ist kein Stein, da ist kein Holz.«

Die andere Frau lachte: »Du bist wohl über die Luft gestolpert. Oder du bist über deine schlechten Taten gefallen!«

»He!«, beschwerte sich die Erste entrüstet. »Was soll das denn heißen?«

Beide zogen davon, die eine amüsiert, die andere verwundert.

So war das also, ihn konnte niemand sehen, aber er konnte seine Umwelt beeinflussen. Lucas musste also darauf achten, wohin er trat und dass er niemanden versehentlich anrempelte.

Shalamar hatte anscheinend nichts von alldem bemerkt. Seine Konzentration richtete sich allein auf seine Arbeit. Auf diesen Baum, von dem in diesem Moment wieder eines dieser merkwürdigen Lebewesen huschte. Das hier war noch schneller als das vorherige, sodass Lucas wieder einmal nur schattenhafte Umrisse erkennen konnte.

»Was ist das denn nur?«, flüsterte er und fasste plötzlich einen Plan: »Ich muss eines davon einfangen«, sagte er leise. »Nathanael, ich weiß, du hörst das: Ich werde eines dieser Lebewesen fangen, und dann müsst ihr mich sofort zurückholen. Klar? Wenn ich ›jetzt‹ rufe, holst du mich zu euch, bevor dieses Ding mir die Finger abbeißt.«

Natürlich bekam er keine Antwort.

»Wir müssen an unserer Technik arbeiten«, raunte Lucas. »Dringend! Ich komme mir schon so vor, als würde ich Selbstgespräche führen.«

In geduckter Haltung schlich Lucas um die lange Hecke, die den Burggarten umrahmte. Als er genau hinter Shalamars Rücken stand, blieb er stehen. Was immer der alte Magier aus dem Baum schüttelte, es kam stets hierhergelaufen. Bis jetzt hatte Shalamar den Wesen nie Beachtung geschenkt, sodass Lucas hoffte, eines unbemerkt fangen zu können.

Er zog sich den Rübensack wieder über den Kopf und machte sich bereit. Es war ihm egal, dass er entdeckt werden konnte. Er würde ohnehin nur noch wenige Minuten hier sein.

Lucas spannte den Rübensack wie ein Fangnetz zwischen seinen Händen aus. Lange warten musste er nicht, denn schon konnte Lucas eines dieser Wesen aus dem Baum fallen sehen. Und tatsächlich kam es auch direkt auf ihn zugelaufen.

Er spannte alle Muskeln an – als ihn plötzlich von hinten ein Fuhrwerk anstieß, sodass Lucas nach vorn fiel, seine Hände zum Abstützen nach vorn riss und genau in diesem Moment den Sack über das Wesen stülpte. Mit Wucht landete Lucas' Nase im feuchten Matsch. Doch das war ihm egal. »Jetzt!«, brüllte er, denn er konnte das Wesen in dem Rübensack zappeln spüren. »Jetzt!«, brüllte er erneut. Das Wesen wehrte sich mehr und mehr. »Jeeeeeeeetzt!«, schrie er, als ihm bewusst wurde, dass Shalamar ihn jede Sekunde entdecken konnte.

In diesem Moment verschwamm der Garten von Camelot um ihn herum. Das Letzte, was Lucas noch hörte, war ein merkwürdiges, unheimliches Knacken in dem Sack. Und das Letzte, was er sah, war Shalamars zornerfülltes Gesicht.

Kapitel 13

Als sich alles um ihn herum materialisierte, lag Lucas noch immer auf dem Bauch und hielt den Rübensack mit dem zappelnden Wesen darin fest an sich gedrückt. Knackende Laute erklangen aus dem Sack unter ihm, und Lucas konnte sehen, wie Ole und Nathanael überrascht zurückschreckten. Bloß Li-Feng blieb an ihrem Platz und machte sich bereit, im Notfall einzugreifen.

Doch im nächsten Moment hörte das Zappeln auf. Alle sahen sich überrascht an. Lucas rappelte sich auf und hob den Rübensack hoch. Ole verstand sofort, kam Lucas zu Hilfe und machte sich darauf gefasst, den Sack ruckartig zu öffnen. Lucas sah zu Nathanael, der ihm zunickte. Auch Ole nickte. Li-Feng ging in die Hocke, bereit, alles zu fangen, was möglicherweise aus dem Sack herausspringen würde. Auch sie nickte zustimmend.

Also riss Ole den Sack auf.

Keiner von ihnen wollte seinen Augen trauen. In dem Rübensack steckte ein Ast. Ein einfacher, ziemlich klobiger Holzast, der eher an eine Wurzel erinnerte und sich in dem groben Stoff verheddert hatte. Zwei Laubblätter hingen noch an seinen dünnen Zweigen, und auffallend waren seine zwei großen Astlöcher, die dicht beieinanderstanden.

Lucas ergriff den Ast, zog ihn aus dem Sack und legte ihn zur Seite, damit er leichter den Rest des Sacks durchwühlen konnte.

»Da ist nichts weiter drin, nur dieser Ast«, stellte er verblüfft fest und schaute neben sich.

Ole ahnte, was in Lucas vorging. »Gleicht er den Ästen, die du im Einkaufszentrum gesehen hast?«

Lucas nickte bedrückt. »Ja, schon. Das kann doch kein Zufall sein.«

Li-Feng sprang auf. »Du wurdest verfolgt? Von Ästen? Davon hast du mir gar nichts gesagt.«

»Mir auch nicht«, warf Nathanael ein.

»Ja, entschuldigt. Ich wollte nicht, dass ihr ... also, dass ihr denkt, ich sei ... gaga oder so.«

Nun kam auch Nathanael näher. »Niemand hält dich für verrückt«, sagte er. »Aber solche Beobachtungen sind wichtig.«

Lucas ergriff den Ast und sagte: »Ja, das verstehe ich jetzt auch.«

Er sah sich den Zweig genauer an. Die Astlöcher lagen so dicht nebeneinander, dass sie fast wie Augen wirkten. Durch eine Ausbeulung darunter konnte man, wenn man wollte, eine Nase ausmachen. Die Astlöcher als Augen, die Beule als Nase und ein winziger Riss in der Rinde als Mund.

So bekloppt er sich dabei vorkam, Lucas hatte eine Idee: »Hallo«, sagte er zu dem Ast. »Ich bin Lucas. Wer bist du?«

»Kracks!«, ertönte es in diesem Moment. Es war ein Geräusch, als würde ein Stock in der Mitte entzweibrechen, und Lucas kam aus dem Staunen nicht raus, als die Astlöcher sich öffneten und tatsächlich Augen zu erkennen waren.

»Kracks!«, ertönte es noch einmal, und die dünnen Zweige am Ast begannen sich zu bewegen.

Das kam so unvermittelt, dass Lucas den Zweig überrascht fallen ließ. Der landete auf seinen unteren Ästen und rannte damit, wie auf Beinen, davon.

»Halt!«, rief Lucas. »Was ...«

Ole und Li-Feng drehten sich zu ihm um und erkannten gerade noch, wie der Zweig zu einer schiefen Regalwand lief und in einem Haufen aus Kisten und Decken verschwand.

»Habt ... habt ihr das auch gesehen?« Lucas zweifelte an seinem Verstand.

»Das gibt es nicht!«, brachte Ole hervor, und Li-Feng staunte: »Krass!«

Nur Nathanael war kein bisschen erschrocken oder verblüfft. »So hat er es also doch geschafft«, grübelte er mit Blick auf die Decken und Kisten, unter denen sich der Zweig weiterhin versteckt hielt. Man konnte den Zipfel einer Decke zittern sehen. Wahrscheinlich hielt sich genau dort der Zweig versteckt und zitterte vor Angst. »Wer hat was geschafft?«

»Shalamar«, war Nathanaels Antwort. »Weil er mit seiner Magie keine Menschen beeinflussen kann, hat er immer nach einer Möglichkeit gesucht, auf anderem Weg Gehilfen zu finden.«

Ole trat neben Nathanael. »Dann hat er sich Helfer aus dem Baum gezaubert. Helfer, die er schon vor Tagen zu uns geschickt hat. Ich hatte sowas schon vermutet.«

»Offenbar.« Nathanael nickte. »Merlin hatte den Baum für uns gepflanzt und mit Magie gefüllt. Da ist es doch nur konsequent, dass Shalamar dort sein Glück versucht.«

»Er kann Zweigen Leben einhauchen?«, überlegte Li-Feng. »Das klingt total irre.«

»Muss aber wahr sein«, schaltete sich Lucas ein und zeigte auf den zitternden Deckenzipfel. »Da sitzt einer von Shalamars Gehilfen.«

Nathanael hielt Ausschau nach dem Zweig. »Was mir noch mehr zu denken gibt: Wenn du schon von Zweigen verfolgt wurdest, Lucas, dann bedeutet das, Shalamar weiß, wo ich bin. Er sucht nach mir und hat seine Spione ausgeschickt.«

Langsam ging er auf den Zweig zu. »Na, kleiner Kerl?«

»Vorsichtig!«, mahnte Li-Feng und begab sich hinter Lucas in Kampfposition. »Wir wissen nicht, was sie können oder wie gefährlich sie sind.«

Nathanael kniete schon vor der zitternden Decke auf den Boden. »Er sah nicht sehr angsteinflößend aus«, sagte er leise und ergriff die Decken. Langsam hob er sie in die Höhe. »Guten Abend.«

Es tat sich nichts. Nathanael rutschte ein Stück näher heran. Lucas, Ole und Li-Feng taten ebenfalls einen Schritt auf den Deckenhaufen zu.

»Wir tun dir nichts«, versprach Lucas. »Weißt du noch? Ich bin Lucas. Und du ... du ...« Er erinnerte sich an das erste Geräusch, das er von dem Zweig gehört hatte. »Und du heißt vielleicht Kracks«, scherzte er.

Er rückte noch ein Stück näher heran, als aus dem Deckenstapel eine Antwort kam: »Kracks.« Wieder klang es, als würde ein Zweig brechen.

Trotz der Situation musste Lucas lachen. »Tja, jetzt hast du's. So heißt du jetzt: Kracks! Einverstanden? Gefällt dir der Name?«

»Kracks«, kam die Antwort aus dem Versteck, und endlich hörte das Zittern unter der Decke auf. Lucas rutschte noch ein Stück vor und war nun so nahe, dass seine Knie schon die Decke berührten. Auch er griff vorsichtig nach der alten Decke und hob sie an. »Hey, Kracks. Anscheinend kannst du mich verstehen. Ich verspreche dir, ich tu dir nichts. Okay?«

Zwei kugelrunde Augen lugten vorsichtig aus dem Dunkel unter der Decke hervor, und ein dünner Ton war zu hören, der so klang, als würde jemand einen zarten dünnen Ast durchbrechen: »Kracks?«

Lucas verstand. »Ja, wirklich. Du kannst mir vertrauen. Ich tu dir nichts.«

Li-Feng entspannte sich und ließ die Fäuste sinken, von dem kleinen Wesen ging wirklich keine Gefahr aus.

»Magst du nicht rauskommen, Kracks?«, fragte Lucas.

Einen kurzen Moment geschah nichts, dann aber zeigte sich einer der Zweige, an dem noch ein Laubblatt hing. Langsam schob sich Kracks aus dem Inneren der Decke nach draußen.

»Kracks«, klang es aus seinem Rindenmund, und es klang wie ein »Hallo«. Seine runden Augen blickten aufgeregt von einem zum anderen, als sich mit einem Mal der dünne Rindenmund zu einem Lächeln verzog. »Kracks!«

Nun verlor auch Li-Feng alle Vorsicht und kniete sich neben Lucas. »Hallo, Kracks«, sagte sie und freute sich, als Kracks ihr seine Zweighand reichte.

Ole hatte nun ebenfalls alle Scheu abgelegt. Der Zweig begrüßte sie alle mit einem freundlichen »Kracks« und sah sie interessiert an.

»Der ist ja süß«, lachte Li-Feng und strich dem Zweig so über die beiden Laubblätter, als würde sie einen Hund zwischen den Ohren streicheln.

Kracks schloss die Augen und genoss die Berührung so

sehr, dass Li-Feng lachen musste: »Und davor hatten wir Angst?«

»Diese Angst war berechtigt«, erwiderte Nathanael streng. »Wir wissen nicht, wozu Shalamar diese Zweige zum Leben erweckt. Und wir wissen nicht, welchen Plan sie verfolgen. Mit diesem kleinen Kerl hier scheinen wir Glück zu haben. Er ist wohl ein ganz netter Zeitgenosse.«

»Netter Zweig-Genosse«, korrigierte Ole ihn lachend und überlegte. »Lucas hat ihn ja gefangen, als er gerade aus dem Baum gezaubert wurde. Shalamar hatte wahrscheinlich noch keine Gelegenheit, ihn mit Magie oder einem Auftrag zu belegen.«

»Das könnte sein, Ole«, lobte Nathanael. »Wir wissen ja, dass Kracks nicht der einzige lebende Zweig aus dem Baum ist. Wir kennen nun also Shalamars Armee.«

Li-Feng gluckste auf. »Eine Armee aus solch knuffigen Zweigen? Was will Shalamar tun? Uns zu Tode knuddeln lassen?«

Sie lachte, doch Nathanael blieb ernst: »Lasst euch nicht täuschen. Die Gefährlichkeit eines Lebewesens hat nichts mit seiner Größe oder seinem Aussehen zu tun. Es gibt in Afrika Ameisen, die gemeinsam ein ganzes Zebra zu Fall bringen können. Oder denkt an die hübschen Frösche, die mit einer tödlichen Giftsubstanz überzogen sind. Wir müssen vorsichtig sein. Schon Merlin sagte stets: ›Nicht die Größe des Magiers bestimmt den Zauber ...«

»... sondern seine Fähigkeiten‹«, vollendete Ole.

Nathanael beugte sich näher zu Kracks hinunter. »Wenn wir nur wüssten, was Shalamar mit ihnen vorhat. Mit Sicherheit würden sie uns zu den fehlenden Stücken des Tischtuches bringen.«

Kaum hatte er das ausgesprochen, als Kracks die Augen aufriss und Nathanael anblickte. »Kracks«, rief er aufgeregt. »Kracks-Kracks!«

Nathanael wunderte sich. »Willst du mir was sagen, kleiner Freund?«

»Kracks!«, rief der Zweig erneut. »Kracks-Kracks.«

»Wenn er doch nur sprechen könnte«, überlegte Li-Feng.

»Er kann wohl nur das, was Zweige können: knacken«,

überlegte Lucas. Kracks schüttelte entschieden den Kopf und dachte angestrengt nach. Dann flitzte er zwischen den Kindern und Nathanael hin und her und bedeutete ihnen, sich an den Händen zu fassen. Er stellte sich zwischen Nathanael und Lucas und reichte jedem einen Ast.

»Ach, du willst uns helfen!«, riefen alle vier erstaunt aus. Es war nicht leicht, aber mit Kracks' Zeichensprache konnten sie sich wohl verständigen.

Er wollte noch mehr erzählen, da fiel Li-Feng ein, dass es für sie höchste Zeit war, nach Hause zu gehen und sich bei ihren Eltern blicken zu lassen. Nathanael widmete sich weiter Kracks, als sich die anderen auf den Weg machten.

Ole, Lucas und Li-Feng verabschiedeten sich von Nathanael und Kracks und überließen sie ihrem außergewöhnlichen Gespräch.

Kapitel 14

Am nächsten Morgen, als Lucas am Frühstückstisch saß, kam ihm seine Mutter ein bisschen merkwürdig vor. Es schien, als würde sie sich immer noch Sorgen um ihn machen und denken, dass er krank sei.

Doch darum konnte er sich jetzt nicht kümmern. Er hatte heute noch einiges vor, also versicherte er ihr, dass es ihm schon viel besser ging, sprang auf und packte seine Tasche.

»Du willst schon los?«, wunderte sich seine Mutter. »Na, hast bestimmt viel zu erledigen vor der Schule oder Leute zu treffen oder ihnen zu helfen oder so«, sagte sie und brachte ihm die übervolle Frühstücksdose an die Tür.

»Ja, irgendwas in der Art. Oder alles gleichzeitig«, antwortete Lucas, nur damit er eine Antwort geben konnte. Doch seine Mutter zeigte sich damit zufrieden.

»Sowas hab ich mir gedacht«, lachte sie und schloss die Tür hinter ihm.

Die Schule selbst nahm Lucas an diesem Tag gar nicht richtig wahr. Erst drehten sich seine Gedanken um Nathanael und sein Klein-Avalon, dann drehten sie sich um Kracks und Shalamar und dann drehte sich alles nur noch im Kreis.

An Aufmerksamkeit oder Mitarbeit war überhaupt nicht zu denken. Immer wieder schaute Lucas zu der Uhr, die direkt über dem Smartboard hing. Es schien, als wären die Zeiger darin festgeklebt. Die Zeit wollte einfach nicht vergehen. Die Mathearbeit lief ganz gut, zum Glück hatte er bereits für sie gelernt, bevor sein Abenteuer begonnen hatte. Dann verkündete die Schulglocke endlich das Ende des Tages. Lucas erhob sich von seinem Stuhl und verließ das Klassenzimmer, so schnell er nur konnte. Es durfte ihn nun bloß niemand ansprechen, nicht einmal Martin, und schon gar nicht Noah oder Emma. Die beiden hatten ja auch noch einen Grund, Lucas aufzusuchen. Er hatte die beiden mit ihrer »Schällänsch« ganz schön auflaufen lassen. Und dafür stand die Rache noch aus. Das konnte er an ihren Gesichtern während der Schulstunden ablesen.

Als er den Schulhof verlassen und den Busbahnhof umrundet hatte, blieb er stehen und zog sein Handy hervor.

»Lerne noch mit Mitschülern für die Englischarbeit nächste Woche«, schrieb er seiner Mutter eine Nachricht und fügte hinzu: »Komme erst heute Abend nach Hause.« Ein bisschen mulmig war ihm schon. Sich gegen Shalamar zu stellen, das barg einige Gefahren. Das war ihm bewusst.

Schon vermeldete das Handy eine Antwort: »Mach du nur. Ich verlasse mich auf dich«, schrieb seine Mutter zurück.

Lucas warf sich die Schultasche auf den Rücken und rannte los. Er brauchte etwa eine Viertelstunde bis zur verlassenen Fabrik. Als er dort ankam, wurde er bereits erwartet. Li-Feng, Nathanael und Kracks standen ungeduldig in der weiten Fabrikhalle. Ole traf kurz nach ihm ein. Als Kracks Lucas entdeckte, lachte sein Rindenmund laut auf, und seine Zweigarme winkten ihm zu. Auch Lucas freute sich riesig, Kracks wiederzusehen.

»Kracks und ich haben die ganze Nacht hindurch gesprochen«, eröffnete Nathanael ihr Treffen, ohne Zeit für eine Begrüßung zu verschwenden. »Wir haben einen Plan ausgeklügelt, den wir euch gern vorstellen möchten.«

Sie rückten näher zusammen und stellten sich im Kreis um Kracks herum. Nathanael verlor weiterhin keine Zeit: »Kracks hat angeboten, sich als Spion zu Shalamar schicken zu lassen. Er mag ihn nicht und würde gern zu uns gehören.«

Diese Nachricht ließ alle aufhorchen.

»Klar bist du einer von uns«, rief Li-Feng aus, und Lucas stimmte begeistert zu: »Absolut!«

Kracks war anzusehen, wie sehr er sich darüber freute.

»Aber ist es nicht gefährlich, ihn zu Shalamar zu schicken?«, wandte Ole ein.

»Nicht, wenn er Begleitung hat«, antwortete Nathanael und legte sowohl Lucas als auch Li-Feng eine Hand auf die Schulter. »Ihr beide werdet gemeinsam mit ihm gehen.«

Kracks sah hoffnungsvoll zu ihnen hoch.

»Einverstanden«, antworteten sie wie aus einem Mund.

»Ich wäre auch gern dabei«, murrte Ole. »Aber ich muss ja immer Wache stehen, wenn Nathanael sich auf seine Magie konzentriert.«

Lucas trat auf ihn zu. »Demnächst erklärst du mir alles, dann tauschen wir mal die Plätze, und ich halte hier Wache. Einverstanden?«

Das tröstete Ole. »Danke!«

Nathanael zog die beiden Steine von Li-Feng und Lucas hervor. »Wir werden wie beim letzten Mal Kontakt halten. Lucas, Li-Feng: Ihr beide informiert uns und gebt Bescheid, wenn wir euch zurückholen sollen. Bleibt dicht zusammen, findet so viel wie möglich über Shalamar und die verbliebenen Stoffreste heraus, und dann kommt zu uns zurück.«

»Verstanden!«, sagte Lucas, und der Schattenriss, der von seinem Stein an die Wand geworfen wurde, wiederholte es in hallendem Ton.

Ole streckte eine Hand aus. Li-Feng und Lucas machten es ihm nach und legten ihre auf Oles Hand.

Jetzt verstand auch Nathanael: »Oh, unser Schlachtruf«, lachte er und streckte seine Hand ebenfalls aus.

Lucas zwinkerte Kracks zu. »Los, leg mal einen Zweig auf unseren Händestapel.«

Kracks wunderte sich, aber tat Lucas den Gefallen.

Li-Feng nickte allen zu, und dann brüllten sie gemeinsam:

»Keine Gefahr, ob groß, ob klein, kann stark wie uns're Freundschaft sein.«

Kracks lachte. Es klang, als würde jemand Mikadostäbe fallen lassen und wild durcheinandermischen. Das brachte die Umstehenden ebenfalls zum Lachen, und Lucas spürte, dass dadurch die Anspannung, die sich gerade in ihm breitmachen wollte, vertrieben wurde.

Schließlich löste sich Nathanael aus der Gruppe, richtete sich zu voller Größe auf und stellte sich so, dass das Sonnenlicht, das durch die kaputten Fabrikfenster schien, einen breiten Schatten auf Lucas, Li-Feng und Kracks warf, der sie alle auflöste und auf die gemeinsame Reise schickte.

Allerdings landeten sie nicht in dem Wald, den Lucas schon kannte. Dieses Mal kamen sie auf einem verdorrten Acker an. Es war ein riesiges Feld, das wohl schon vor längerer Zeit abgemäht worden war. Die Stoppeln, die noch von dem Getreide übrig waren, schauten mit ihren Spitzen knapp aus dem Boden und pikten Lucas in den Po, auf dem er gelandet war.

»Autsch!«, rief er und rieb sich die schmerzende Stelle.

Kracks kicherte knacksend. Auch Li-Feng konnte ein Glucksen nicht unterdrücken. »So sehen also Helden aus«, frotzelte sie.

Aus der Ferne roch es nach Rauch. Lucas blickte auf und sah mehrere steinerne Häuser, die mit Stroh gedeckt waren. Dahinter zeigte sich die beeindruckende Burgmauer von Camelot.

»Langsam fühl ich mich hier schon wie zu Hause«, brummte Lucas, als er sich vom Boden erhob. »Obwohl, diese Seite von Camelot kommt mir neu vor.«

Li-Feng drehte sich um und riss die Augen auf. »Wahnsinn. Ole hat es mir hundertmal beschrieben, aber das hier ... Also jetzt hier zu stehen und es mit eigenen Augen zu sehen, das ist ... Wow!«

»Wahnsinnskompliment für die schönste Burg der Weltgeschichte«, zankte nun Lucas spaßeshalber.

Kracks schlug nur begeistert die Äste gegeneinander, dann brachen sie auf. Erst gingen sie durch das Dorf vor der Burgmauer. Die Menschen dort schienen sie nicht zu bemerken. Für Lucas war es immer noch ein merkwürdiges Gefühl.

»Wir sollten uns passende Klamotten suchen«, schlug er vor. »Wir können zwar nur von den wenigen Leuten gesehen werden, die sich mit Magie auskennen, aber das Problem ist, dass wir sie nicht immer sofort erkennen.«

»Hat ja nicht jeder Magier einen spitzen Hut und langen

Bart, oder?«, witzelte Li-Feng erneut. »Einverstanden. Schau dort!«

An einem Bachlauf lag Wäsche zum Trocknen auf der Wiese. Eine Frau in einem einfachen Kleid stand mit dem Rücken dazu. Sie hielt ihr Gesicht mit geschlossenen Augen der Sonne entgegen.

»Du willst doch nicht etwa ...«

Li-Feng hörte nicht auf ihn. Sie blickte sich um, vergewisserte sich, dass niemand sonst in der Nähe war, und schlich geduckt auf die Wäsche zu.

»Mist!« Lucas hätte fast lauthals geflucht, doch dann fiel ihm ein, dass er sie alle damit in große Gefahr bringen könnte. Denn er wusste zwar, dass die Nicht-Magier dieser Zeit sie nicht sehen konnten, aber er wusste nicht, ob sie ihn nicht vielleicht hören konnten. »Sie kann doch nicht einfach die Wäsche stehlen. Die Frau wird sehen, wie ihre Klamotten über die Wiese schweben, oder nicht?«, zischte er Kracks zu, doch der hob nur die Zweige in die Höhe und machte betretene Astlochaugen.

Doch mit einem Mal sah Lucas, wie Li-Feng abbog. Sie ging nicht mehr genau auf die Wäsche zu, sondern huschte zu dem Baum, der am Bachlauf stand. In Windeseile kletterte sie empor und ließ sich auf einem der Äste nieder, die sich genau über der Wäsche befanden. Hier öffnete sie ihren Haarzopf und zog das grüne Band, das darin eingewebt war, hervor. Es war beinahe so lang wie Li-Feng selbst. Ihr Zopf entknotete sich, und Lucas konnte aus der Ferne sehen, dass verschiedene Dinge herausfielen. Allerdings konnte er nicht genau erkennen, was Li-Feng alles in diesem Zopf versteckt hatte.

Mit großem Geschick fing Li-Feng alles auf und legte es auf dem Ast des Baumes zur Seite.

Dann schaute sie zu Lucas und Kracks und zwinkerte ihnen zu. Sie hatte aus ihren Haaren ein Band und einen Draht hervorgezogen. Den Draht verbog sie geschickt und befestigte ihn so an dem Band, dass er wie ein Angelhaken daran hing. Nun blickte Li-Feng auf die Frau, die noch immer die Sonne in ihrem Gesicht genoss, und ließ den Haken an dem Band hinabgleiten. Sofort verfing sich der Haken im Kleid, das auf dem Gras lag. Li-Feng zog ihr Band in Windeseile in die Höhe und angelte kurz darauf auch ein Hemd für Lucas aus der Wäsche.

Als sie aber die gebastelte Angel herabließ, um auch noch an eine Hose für Lucas zu gelangen, beendete die Waschfrau ihr Sonnenbad. Sie reckte sich und streckte sich und drehte sich zu ihrer Wäsche um, gerade in dem Moment, in dem Li-Feng die Hose in die Höhe gezogen hatte.

Lucas lag hinter dem Gebüsch und hielt den Atem an.

Li-Feng saß im Baum, ihr Band fest umklammert.

Die Frau brauchte nur aufzublicken und ihre schwebende Hose zu entdecken, dann wäre alles aus. Sie würde schreien, und Lucas und Li-Feng würden sicherlich von Shalamar oder einem anderen Magier entdeckt werden.

Doch Li-Feng erkannte ein weiteres Problem. Eines, das Lucas aus der Ferne nicht sehen konnte: Die Hose für Lucas rutschte ganz langsam vom Haken.

Die Frau, die unter dem Baum stand, schaute sich noch einmal nach allen Seiten um. »Der Wind kann die Stücke nicht davongeweht haben«, grübelte sie laut. »Es ging doch gar kein Wind.«

Gleich würde die Hose zu Boden segeln …

Li-Feng warf Lucas einen entsetzten, hilfesuchenden Blick zu. Ihm war klar, dass er handeln musste.

Jetzt.

Jetzt gleich!

Er musste etwas tun.

Er musste … brüllen!

»Haltet ihn!«, schrie er so laut aus seinem Versteck heraus, dass die Frau am Bachlauf erschrocken in seine Richtung schaute. »Da«, schrie Lucas nur noch lauter. »Ein Wäschedieb. Er rennt auf die Burg zu!«

»Was?« Die Frau erschrak und ballte die Fäuste. »Mit meiner Wäsche? In die Burg? Na, warte!«

Sie rannte los, und im gleichen Moment glitt die Hose vom Haken und fiel zu Boden, exakt auf die Stelle, an der gerade noch die Frau gestanden hatte.

Lucas blickte von der Hose zu der rennenden Frau und wieder zurück. Erleichtert atmete er aus, sprang aus seinem Versteck hervor und rannte zu dem Baum, um sich die Hose zu schnappen und sich hinter dem Baumstamm zu verstecken. Dabei hielt er den staunenden Kracks immer noch im Arm.

»Boah, das war knapp«, seufzte er und blickte nach oben.

Rasend schnell hatte Li-Feng ihre Haare zu einem Zopf geflochten, die vielen Dinge wieder hineingewoben, und kam so flink wie ein Eichhörnchen vom Baum geklettert.

Sie strahlte über das ganze Gesicht, während sie sich das Kleid überzog.

»Na? Besser, als Rübensäcke anzuziehen, oder?«

Lucas fand keine Worte. »Wow ... Also, echt, wow!«

»Wahnsinnskompliment für die beste Klamotten-Beschaffung der Weltgeschichte«, kicherte Li-Feng, und Lucas zog sich nun auch die Klamotten an.

Er wollte noch mehr zu ihr sagen, als ihm etwas auffiel. Mit einem Finger zeigte er in Richtung der Burg von Camelot. »Du siehst das doch auch gerade, oder?«

Soeben eilten drei Zweige aus dem riesigen Tor hinaus.

»Ich denke, wir sind hier richtig«, schloss Lucas. »Schnell, hinterher!«

Li-Feng schnappte sich Kracks und rannte mit Lucas hinter den Wesen her. Sie hielten einigen Abstand. Gerade so viel, dass die Zweige sie nicht entdeckten, aber doch so wenig, dass sie ihre Spur nicht verloren.

Die Zweige liefen zu einem herrschaftlichen Gebäude, das sich außerhalb Camelots Stadtmauern befand. Es war riesengroß und wunderschön, mit Mauern aus Fachwerk errichtet und einem strohgedeckten Dach, das fast bis zum Boden reichte.

Von allen Seiten kamen lebendige Zweige zu dem Gebäude gelaufen.

»Dieses Haus scheint der Treffpunkt für Shalamar und seine Wesen zu sein. Immer noch nahe genug an Camelot, doch in einem Gebäude, das wahrscheinlich kaum jemand kennt oder benutzt«, schlussfolgerte Li-Feng.

»Kaum jemand bis auf Shalamar. Das denke ich auch«, antwortete Lucas.

In diesem Moment erklang eine dröhnende Stimme: »Zu mir, meine Getreuen!«

Augenblicklich blieben alle Zweige stehen. Die Hektik hörte auf, und langsam marschierten sie in das Gebäude hinein.

»Kannst du sehen, wer da gerufen hat?«, fragte Lucas, doch Kracks schüttelte den hölzernen Kopf. »Aber du ahnst es, oder? Das muss Shalamar gewesen sein.«

Das Schütteln wurde zu einem Nicken.

»Hmmm ...« Lucas kam ins Grübeln. »Wir können da nicht einfach hineinspazieren!«

Li-Feng schaute ihn an, dann blickte sie an sich selbst herab. »Wir beide nicht. Aber Kracks.«

»Was?«

»Ich glaube, wir sollten uns hier trennen.«

Kracks blickte zweifelnd an ihr hoch: »Kracks?«, fragte er.

»Überleg doch mal, du bist einer dieser lebendigen Zweige. Du wirst nicht auffallen. Im Gegenteil. Sie werden dich als einen aus ihrem Baum erkennen und dich zu Shalamar mitnehmen. Lucas und ich werden versuchen, einen Weg in dieses Haus zu finden. Einverstanden?«

»Krack-Kracks«, gab Kracks zur Antwort. Er strich mit einem Zweig erst über Lucas' Wange, dann über Li-Fengs, bevor er aus ihrer Armbeuge sprang und auf seinen unteren Zweigen auf das riesige Haus zulief.

Lucas und Li-Feng blickten ihm hinterher, bis sie sahen, dass ihr Plan aufging: Die anderen Zweige grüßten Kracks und nahmen ihn mit sich in das Haus.

Allmählich leerte sich der Platz rund um das Gebäude. Die vielen lebendigen Zweige waren hintereinander durch die Haustür eingezogen, und es wurde still.

Lucas und Li-Feng liefen los: über das Stoppelfeld, direkt auf das Haus zu. Erst einmal in geduckter Haltung, doch nach und nach wurde ihnen klar, dass das nicht nötig war. Shalamar hatte offensichtlich keine Wachen postiert. Er wähnte sich in dem Gebäude wohl in Sicherheit.

»Oder er hat es mit einem Zauber belegt!«, flüsterte Lucas mit einem Mal und blieb wieder stehen. Auch Li-Feng hielt inne.

»Vielleicht ein Fluch, der uns verrät. Der uns die Ohren abfallen lässt, sobald wir eintreten«, überlegte Lucas flüsternd, wohl wissend, dass Nathanael und Ole ihn über den Schattenriss hören konnten.

»Daran hab ich noch gar nicht gedacht«, überlegte Li-Feng. »Lucas, das könnte gefährlich sein, wenn wir einfach dort hineingehen.« Sie blickte sich um. »Es kann keinen anderen Grund dafür geben, dass Shalamar keine Wachen postiert hat.«

Lucas lief ein kalter Schauer über den Rücken. Er wandte sich zur Eingangstür. »Und wenn ich nur mal einen Fuß hineinhalte? Dem können keine Ohren abfallen.«

»Nein, aber der ganze Fuß könnte in Flammen aufgehen.« Li-Feng verzog grübelnd das Gesicht.

Lucas blieb bei seiner Meinung: »Das glaube ich nicht, dann hätten die Baumwesen auch in Flammen aufgehen müssen.«

Kurz vor der hohen Eingangstür blieb Lucas stehen. Er wollte gerade einen Schritt in den Eingangsbereich machen, da ertönte hinter ihnen ein Rascheln.

Noch zittriger als zuvor drehte er sich zu dem Geräusch um. Auch Li-Feng wandte den Kopf, blass vor Angst.

Noch einmal raschelte es im Gebüsch. Hatte Shalamar sie etwa entdeckt?

KAPITEL 15

»Wer ist da?«, rief Lucas.

Das Rascheln im Gebüsch verstummte, und stattdessen war eine Stimme zu hören: »Brüll doch nicht so und überquere auf keinen Fall die Türschwelle!«

Im nächsten Moment trat eine Gestalt aus dem Gebüsch heraus, und Li-Feng und Lucas rissen erstaunt die Augen auf.

»Ole?«

Die beiden wurden strahlend angelächelt. »Damit habt ihr nicht gerechnet, was? Nathanael schickt mich.«

Sie liefen auf ihn zu.

»Aber was ist mit seiner Sicherheit?«

»Du bist doch der Wächter!«

Ole winkte ab. »Nathanael sagt, ich werde hier mehr gebraucht. Ich hab ein Schild geschrieben, auf dem steht: Vorsicht, Tollwut!«

Er griff in seine Hosentasche. »Nathanael hat mir das mitgegeben.«

Vorsichtig zog er eine Kette hervor, an der Nathanaels Anhänger mit den zwei ineinander verschlungenen Ringen hing. »Diese Kette schützt uns vor Shalamars Bannzaubern, nicht aber gegen ihn selbst oder wenn er uns mit seiner Magie angreift«, erklärte Ole. »Das sagt Nathanael zumindest. Und er muss es ja wissen. Wenn ihr ohne die Kette reingeht, werdet ihr gebrutzelt, denn auf dem Haus liegt ein Schutzzauber.«

Li-Feng knuffte Lucas in die Seite: »Du hattest recht!«

Dann starrten Li-Feng und Lucas auf die Kette. Wobei Lucas ein ziemlich skeptisches Gesicht machte.

»Für dich ist das alles noch neu. Doch wir haben schon einige Male erlebt, dass auf Nathanael absolut Verlass ist«, versicherte Li-Feng.

»Auch bei Flammen-Zerfreddel-und-Verschwindibus-Zauber?«

Ole grinste. »Auch bei noch schlimmeren Dingen. Komm, wir zeigen es dir.«

Die Eingangstür erschien Lucas nun noch riesiger als vorhin.

Li-Feng schnappte sich die Kette, öffnete den Verschluss und zog die beiden Ringe ab. »Jeder nimmt sich ein Stück!«, sagte sie.

Die Ringe, die ineinander verwoben waren, ließen sich wie von Zauberhand voneinander trennen. Li-Feng stülpte sich einen der Ringe über den Finger, als hätte sie das schon unzählige Male gemacht. Also tat Lucas es ihr gleich, während Ole sich die Kette um den Hals legte.

»Und jetzt mitkommen!«, befahl Li-Feng.

Sie tat einen Schritt vor und stellte sich in den Eingangsbereich.

Lucas hielt den Atem an. Doch tatsächlich geschah nichts. Li-Feng stemmte sich gegen die Tür.

»Mist! Verschlossen!«, fluchte sie.

Sie versuchten es alle drei, doch die Tür ließ sich kein Stück bewegen.

»Wäre auch zu leicht gewesen«, raunte Li-Feng, und die drei rannten zum hinteren Teil des Hauses, wo es eine weitere riesige Tür gab.

»Auch verschlossen!«, beschwerte sich Lucas, als sie daran rüttelten.

Li-Feng trat einige Schritte zurück und ließ den Blick über die gesamte Rückwand schweifen. Plötzlich hellte sich ihr Blick auf. »Da!«, sagte sie und zeigte mit dem Finger zu einem Balkon im zweiten Stock. »Da ist unser Eingang!«

Lucas erkannte sofort das offene Fenster, doch er hatte Bedenken: »Wie willst du denn da hochkommen? Shalamar leiht uns bestimmt keine Leiter aus, wenn wir ihn fragen.«

Sie verdrehte die Augen. »Witzig!«, gab sie kurz und knapp zurück, bevor sie ihm und Ole klare Anweisungen gab. »Ihr wartet hier! Haltet euch bedeckt. Ich werde die Hintertür öffnen.«

Lucas sah sie zweifelnd an. »Okay, wenn du meinst!«

Li-Feng griff nach dem grünen Band, das in ihren Haarzopf geflochten war. Sie zog daran, und sofort öffnete sich der Zopf und gab das grüne Band sowie eine Steinschleuder, ein winziges Beutelchen mit Steinen als Munition und den selbstgebastelten Angelhaken frei.

»Wow!«, staunte Lucas, als er endlich sah, was sich alles in Li-Fengs Haarzopf befunden hatte.

Li-Feng achtete nicht auf ihn. Geschickt knotete sie ihre langen Haare, die ihr bis zu den Hüften reichten, wieder zusammen und überreichte Ole die Steinschleuder und das Säckchen.

»Er kann super mit sowas umgehen«, sagte sie, und Ole freute sich über das Kompliment.

»Werden wir ja sehen«, entgegnete er.

Li-Feng nahm die Schnur an beiden Enden in ihre Hände und band sie zu einer Art Lasso zusammen.

»Dann mal los!« Sie visierte den herausstehenden Giebel unter dem Dach an und warf das eine Ende des Bandes. Es blieb so, wie sie es geplant hatte, am Vorsprung hängen. Sie zog einmal fest daran, um zu testen, ob das Band hielt, dann hangelte sie sich daran empor.

Lucas und Ole beobachteten sie mit weit geöffneten Mündern.

Lucas entfuhr ein »Wow!«, und Ole flüsterte ihm zu: »Sie ist schon ziemlich cool, oder?«

Die riesigen Steine der Wand waren sehr grob gehauen, was dem Haus ein imposantes Aussehen verlieh. Für Li-Feng war das ein Glück, denn so fand sie mit ihren Füßen perfekt Halt. Sie brauchte keine fünf Minuten, da war sie auf der Höhe des Fenstersimses angekommen. Sie kletterte darüber und verschwand aus dem Blickfeld der beiden Jungs.

»Wow!«, brachte Lucas wieder hervor, als kurz darauf auch schon die Hintertür aufschwang.

»Hier im Haus gibt es auch keine Wachen«, flüsterte Li-Feng. »Kommt!«

Lucas verharrte an seinem Platz. »Das war ... absolut ... also, wow!«

»Du musst morgens unbedingt ein paar Vokabeln mehr frühstücken«, gab Li-Feng zur Antwort. »Du sagst immer das Gleiche.« Sie lächelte. »Darf ich mich vorstellen: Mein Name lautet Li-Feng. Li bedeutet übersetzt Kraft, und Feng bedeutet so viel wie Gebirge oder Höhe. Meine Eltern hatten wohl schon früh eine Ahnung, wo meine Stärken liegen werden.«

Nun lächelte auch Lucas. »Ich würde ja ›wow‹ sagen, aber dann schimpfst du wieder.«

»Stimmt! Also kommt schnell rein, nachher werden wir hier noch entdeckt.«

Sie folgten Li-Feng ins Innere.

»Hast du schon in Erfahrung gebracht, wo die ganzen Zweige hingelaufen sind?«, erkundigte sich Ole.

»Hör doch mal«, gab Li-Feng zurück, und Ole wusste sofort, was sie meinte. Aus dem Keller drang eine Stimme zu ihnen herauf. Kraftvoll und dröhnend.

»Ich hab eine Treppe zum Keller entdeckt«, sagte Li-Feng. »Im Flur!«

Sie wollte schon loslaufen, als Lucas die Einrichtung auffiel. »Shalamar scheint nicht so ein bescheidener Mensch zu sein wie Nathanael, was?«

»Nee«, stimmte Ole ihm zu. »Das hier ist schon eine Klasse für sich!«

Nun blickte sich Li-Feng doch einmal um. »Wie nennt man sowas? Protzig? Verschwenderisch? Luxuriös?«

»Bescheuert!«, antwortete Lucas.

Der ganze Raum war überfrachtet mit Gold und Silber. An jeder Wand hingen breit gerahmte Bilder, die ausnahmslos Shalamar zeigten, wie er eingebildet posierte. Mal wie ein König, mal wie ein Jäger, mal wie ein Edelmann.

Auf Regalen und Schränken standen silberne Teller und Becher neben goldenen Vasen und Pokalen, zwischen denen wiederum Münzen und Medaillen lagen. An der Decke hing ein Kronleuchter von der Größe eines Autos, und direkt darunter gab es einen Teppich, der ebenfalls von silbernen und goldenen Fäden durchzogen war. Dahinter standen mehrere Stühle, die eines Königs würdig waren und aus völlig verschiedenen Epochen zu stammen schienen.

Das alles passte überhaupt nicht zusammen und hatte nur einen Zweck: den Größenwahn seines Besitzers darzustellen.

»Da weiß man gar nicht, wo man zuerst nicht hingucken will«, grummelte Lucas angewidert. »Los, lasst uns abhauen!«

»Da ist die Treppe zum Keller.« Li-Feng zeigte auf eine verzierte Tür an der Seite. »Kommt!«

Die dröhnende Stimme von Shalamar wurde mit jedem Schritt, den sie hinuntergingen, lauter. Er schien eine nicht enden wollende Rede zu halten.

Vorsichtig näherten sich Lucas, Li-Feng und Ole dem unterirdischen Raum. Sie erreichten eine Holztür und gingen vorsichtig hindurch.

Selbst der Keller war gigantisch. Vor ihnen breitete sich eine Galerie über einem meterhohen Gewölbekeller aus.

Die Freunde waren allein hier oben. Shalamars Stimme erklang aus dem Gewölbe unter ihnen. Also legten sich alle drei flach auf den Boden und robbten zum goldverzierten Geländer der Galerie, um vorsichtig einen Blick in den Saal werfen zu können.

Shalamar stand auf einer Bühne am Kopfende des Raumes und hielt lautstark seine Rede: »Und weil ich euch Leben geschenkt habe, seid ihr an mich gebunden«, brüllte er von der Bühne herab. »Ihr schuldet mir etwas. Und diese Schuld könnt ihr bald begleichen.«

Vor der Bühne standen mindestens einhundert der lebendigen Zweige und lauschten aufmerksam Shalamars Worten. Es war ein seltsamer Anblick: Sie waren allesamt sehr unterschiedlich gebaut und sahen sich doch irgendwie ähnlich. Viele von ihnen hatten dünne Zweige, die sie wie Hände benutzen konnten. Manche hatten einen Zweig-Arm, andere hatten zwei,

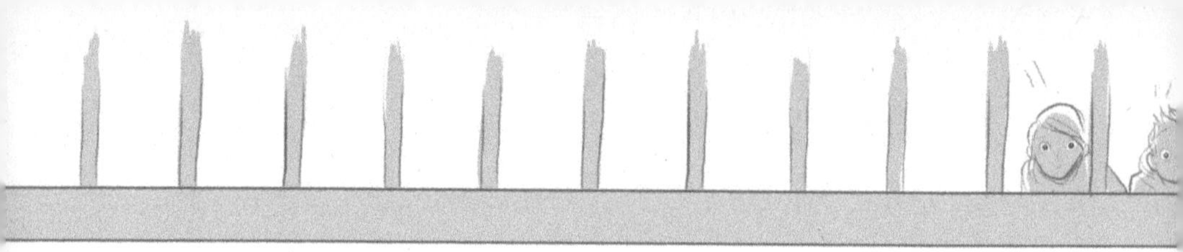

drei oder sogar vier. Die meisten standen auf Ästen wie auf Beinen. Andere hatten Stummelfüße oder konnten sich sogar auf nur einem einzigen Astbein aufrecht halten. Die Anzahl der Augen richtete sich nach der Anzahl der Astlöcher, die sie aufwiesen. Manche hatten Laubblätter an sich, andere waren ganz kahl. Sie alle verband aber vor allem eines – etwas, das Lucas und Li-Feng selbst von diesem Balkon aus erkennen konnten: den bedingungslosen Gehorsam gegenüber Shalamar. Alle lebendigen Zweige hatten ihre Konzentration auf ihn gerichtet und lauschten gebannt seinen Worten.

»Da!«, flüsterte Lucas und zeigte auf Kracks, der etwa in der Mitte des Saals stand.

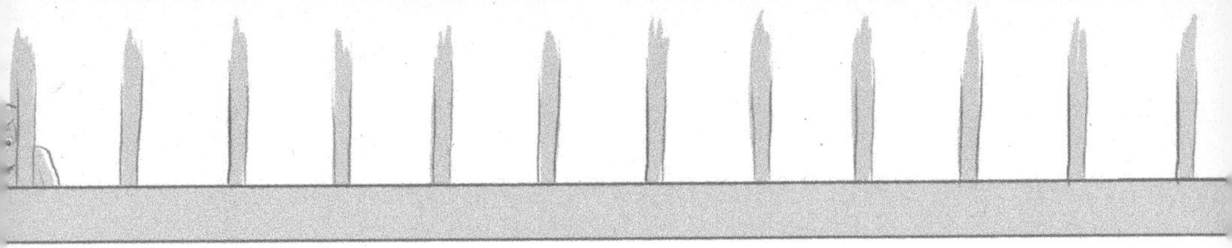

Li-Feng nickte: »Okay, ich kann ihn sehen. Aber siehst du das daneben auch?«

An Kracks' Seite stand ein ganz dünner lebendiger Zweig, der viel kürzer war als Kracks und ihn mit seinen Astlochaugen interessiert musterte. Und immer, wenn Kracks zu ihm schaute, zwinkerte er Kracks zu und wackelte mit einem Zweig an seiner Rückseite wie ein schwanzwedelnder Hund.

Li-Feng musste sich beherrschen, um nicht laut loszulachen. »Es gibt wohl auch Zweig-Mädchen, oder?«

Lucas biss sich auf die Zunge, um bei diesem Anblick nicht loszuprusten – schließlich durften sie keine Aufmerksamkeit erregen. »Und eines davon ist anscheinend heftig verliebt, was?«

Dann aber riss Shalamars Stimme wieder alle Aufmerksamkeit an sich. Er wurde noch lauter als zuvor und rief: »Ich weiß, dass ihr euch alle danach sehnt, in den Schauerwald zu dürfen. Dorthin, wo schon so viele eurer Vorfahren ihre Ruhe gefunden haben. Denn kein Mensch wagt sich dort hinein. Wer immer einen Fuß hineinsetzt, wird vom Nebel umfangen und mit einem Schüttelfrost versehen, der ihn drei Tage verfolgt.« Shalamar lachte. »Doch euch verspreche ich: Dieser Wald ist ein wahres Glück für euch. Wenn eure Arbeit getan ist, werde ich euch in den Schauer-Wald entlassen. Dort könnt ihr euch ein Plätzchen suchen und Wurzeln schlagen. Ihr könnt dort wachsen, den Wind genießen und auch die Eichhörnchen, die zwischen euren Zweigen umherspringen werden. Doch um dies zu erreichen, müsst ihr euren Auftrag erfüllen. Einen einzigen nur. Von hoher Bedeutung. So wie einst eure Vorfahren. Und der Moment, dies zu tun, ist gekommen! Seid bereit. Hört gut zu, meine fleißigen Knubbelgeister.«

Lucas horchte auf. »Ist das der Name der lebendigen Zweige? Knubbelgeister?«

»Passt doch«, flüsterte Li-Feng zurück und legte einen Zeigefinger auf ihren Mund. »Achtung, jetzt kommt wohl das Wichtigste!«

Lucas nickte und wandte sich wieder dem brüllenden Shalamar zu.

»Hier ist mein Plan, mit dem wir erneut eine Welle aus Streit und Hass auslösen werden. Ein erneuter Stoß gegen die Ehrlichkeit und den Anstand, von denen noch immer viel zu viele Menschen geleitet werden. Und wie immer ist dieser Plan ...« Jetzt hob sich seine Stimme noch einmal, sodass bei dem nächsten Wort der ganze Saal dröhnte: »... GENIAL!«

Die Knubbelgeister vor der Bühne applaudierten und lachten lautstark. Es klang, als würde ein Orkan durch einen Laubwald blasen. Die hölzernen Kehlen knarzten und klackerten.

Lucas blickte zu Kracks. Er klatschte auch, aber es war ihm anzusehen, dass er es widerwillig tat. Der kleine Knubbelgeist neben ihm allerdings klatschte und knackte wie wild. Allerdings waren die winzigen Augen des Zweig-Mädchens nicht nach vorn, sondern zur Seite auf Kracks gerichtet. Es war eindeutig zu erkennen: Das Knubbelgeist-Mädchen jubelte nicht Shalamar zu, sondern Kracks.

Die anderen Zweige um sie herum applaudierten lauter und lauter. Es war ihnen anzusehen, wie sehr sie sich auf ihren Platz in diesem Wald freuten.

»Sie sind zu allem bereit«, stellte Li-Feng flüsternd fest.

»Ja, Shalamar stellt ihnen eine Belohnung in Aussicht, die sie vielleicht niemals erhalten werden«, antwortete Lucas.

Li-Feng wandte sich an ihre Freunde. »Darum werden wir uns kümmern!«

Shalamar selbst genoss den Jubel für einen Moment, bevor er die Arme ausstreckte, um damit seine Knubbelgeister wieder zur Ruhe zu bringen.

»Lasst mich erklären«, tönte er schließlich weiter von der Bühne herab. »Das ist euer Auftrag: Einst wurde das Tischtuch der Tafelrunde zerschnitten, und ich konnte eine Hälfte davon für mich gewinnen. Diese Hälfte habe ich erneut in einige Stücke zerteilt. Doch das größte Stück, mit dem ich den meisten Streit in die Welt senden werde, ist noch hier in Camelot.«

Lucas lag auf dem Balkon und schaute zu Li-Feng und Ole hinüber. Beide nickten ihm zu. Das war ihre Chance, Shalamar auszubremsen.

»Seht her«, rief der Magier von der Bühne herab und zog aus seinem Mantel ein buntes Stück Stoff hervor. Lucas erkannte es sofort.

»Was ihr hier seht, ist ein wertvoller Schatz. Kostbar. Unbezahlbar. Und gerade für uns von unvorstellbarem Wert. Es ist ein Teil des Tischtuches, das einst zu Artus' Tafelrunde gehörte. Doch heute ist es von Magie durchzogen – von meiner Magie! Mit diesem Stück Stoff kann ich meinen Willen in die Welt bringen. Ich kann Zwietracht unter den Menschen herbeiführen und sie so entzweien, wie einst dieses Tuch entzweit wurde!«

Er blickte sich um, schaute den Knubbelgeistern in ihre Borken-Gesichter, bevor er fortfuhr: »Ich werde euch in die Zukunft schicken. Doch keine Sorge, ihr werdet nicht allzu weit reisen. Ein paar wenige Jahre nur. Ich schicke euch in die Zeit nach Artus' Herrschaft und nach Merlin. Ich schicke euch in das Camelot, das dabei ist, sich selbst zu finden, nachdem es von diesen beiden Hochstaplern Abschied nehmen musste. In eine Zeit, in der die Menschen aufeinander angewiesen waren, sich aber zutiefst misstrauten.

Ich werde euch in den Kerker von Camelot schicken.

Denn genau zu dieser Zeit sitzt dort ein sehr einflussreicher Edelmann: Rupert von Kent. Er wurde verhaftet, weil er im Verdacht stand, mit den Wikingern, die England erobern wollten, eine Verschwörung zu planen. Man verdächtigte ihn, den König von Wessex, Alfred den Großen, stürzen zu wollen, um den Thron für die Wikinger freizumachen. Dieser Rupert von Kent könnte damit die ganze Weltgeschichte, wie wir sie kennen, ins Verderben stürzen. Es könnte eine völlig neue Weltordnung entstehen, und nichts würde mehr so sein, wie es mal war!«

Er warf den Kopf in den Nacken und genoss den Applaus, der in diesem Moment von den Knubbelgeistern aufbrandete. Wenn sie bestimmt auch nicht alles verstanden, was Shalamar sagte, so hörten sie aus seinen Worten doch heraus, dass sie an etwas ganz Großem teilhaben durften.

Als der Applaus verstummte, setzte Shalamar erneut an: »Ich werde euch mit diesem Tuch in Camelots Kerker schicken – wenige Jahre von heute entfernt. Denn in dieser Nacht, in die ich euch schicke, kommt ein Botschafter von Sir Belvedere in diesen Kerker, um mit Rupert von Kent zu sprechen.

Ihr werdet zuvor dort einbrechen und in Ruperts Zelle dieses Stück Stoff so platzieren, dass er es findet. Dadurch wird sich eine dunkle Macht in ihm entfesseln. Er wird dazu in der Lage sein, mit Magie nicht nur den Botschafter von Sir Belvedere zu überrumpeln, sondern ihn und jeden anderen in seinem Umfeld gefügig zu machen, sodass sie nach seiner Pfeife tanzen. Dann ist es nur noch eine Frage der Zeit, bis im ganzen Mittelalter das Chaos herrscht und ich meine Macht stärken kann!« Er schaute von der Bühne auf seine hölzernen Gehilfen herab.

Wieder brandeten Jubel und Beifall auf.

»Macht euch bereit!«, befahl er schließlich. »Wenn die Sonne heute untergeht, werde ich euch alle losschicken. Und denkt daran, eure Fähigkeiten einzusetzen.« Dann brüllte er: »Macht euch bereit und enttäuscht mich nicht. Eure Belohnung wartet auf euch!«

Die Knubbelgeister jubelten ihm noch einmal zu. Dann wandte Shalamar sich ab und verließ die Bühne.

»Das ist unser Stichwort. Wir haben genug gehört, es ist für uns an der Zeit zu gehen, bevor wir entdeckt werden«, schlug Lucas vor.

»Einverstanden«, raunte Li-Feng, doch genau in diesem Moment, in dem sich die drei erhoben, knackte etwas laut hinter ihnen. Sie drehten sich um und blickten auf zwei riesige Knubbelgeister, die sich hinter ihnen auf der Galerie aufgerichtet hatten. Sie waren fast so groß wie Menschen und blickten sie wütend aus ihren Astlochaugen an.

»Oh, verflixt«, fluchte Lucas. »Jetzt wäre es gut, wenn Nathanaels Zauberringe doch Macht über die Knubbelgeister hätten.«

»Es muss auch so gehen«, warf Li-Feng ein und nahm eine Angriffshaltung ein: »Lasst uns durch!«

Von ihrer Stimme auf sie aufmerksam gemacht, schauten einige Knubbelgeister aus dem Gewölbekeller überrascht nach oben und erkannten die Eindringlinge.

Die beiden Knubbelgeister auf der Galerie wankten bedrohlich auf sie zu.

Lucas blickte sich um. Zum Glück war Shalamar schon verschwunden, so mussten sie immerhin nicht gegen ihn antreten.

Einige der anderen Knubbelgeister aus der Halle kamen nun nach oben gerannt. Andere kletterten aufeinander und übereinander, um so das Balkongeländer zu erreichen, an dem sie sich hochziehen konnten. Von allen Seiten bauten sich mehr und mehr Knubbelgeister auf und versperrten Lucas und seinen Freunden in jede Richtung den Weg.

Eine Flucht war ausgeschlossen.

Schon streckte einer der größeren Knubbelgeister seine Äste nach Lucas aus, als dieser rief: »Wir müssen zurück!«

Auch Ole brüllte: »Nathanael, bring uns nach Hause! Schnell! Superschnell!«

Doch es geschah nichts.

»Nathanael«, schrie nun auch Li-Feng, während sie einem der Äste auswich, mit dem einer der riesigen Knubbelgeister nach ihr greifen wollte. Li-Feng machte einen Schritt zurück, doch dort stürzten sich gerade zwei kleinere Knubbelgeister vom Balkongeländer auf sie. Sie griffen in ihre Haare und zogen sie mithilfe weiterer Zweige zu Boden.

Auch Lucas wurde nun überwältigt. Gleich fünf Knubbelgeister stürzten sich auf ihn. Sie brachten auch ihn zu Fall und setzten und legten sich so auf ihn drauf, dass er sich kaum rühren konnte.

»Nathanael«, schrie Lucas wieder. »Hilfe!«

Er blickte zu Ole, der ebenfalls gerade zu Boden geworfen und von einigen Zweigen überrannt wurde. »Was ist denn nur los?«, rief Lucas ihm zu.

»Weiß nicht«, brüllte Ole zurück. Er war gerade dabei, zwei lebendige Zweige von sich zu stoßen. »Nathanael hat wohl Probleme.«

»Nicht nur er!«, schrie Lucas.

Die Zweige drückten alle drei Freunde mit dem Rücken auf den Balkonboden und hielten sie so fest, dass sich keiner von ihnen wehren konnte.

Einer der riesigen Knubbelgeister kam auf sie zu.

Er beugte sich erst über Li-Feng, dann über Ole und schließlich über Lucas. Dabei beugte er sich so tief herab, dass Lucas seine Rinde riechen konnte.

»Hmmm ...«, brummte der riesige Knubbelgeist. Dann richtete er sich auf und gab knackende Befehle von sich. Lucas musste ihn dabei gar nicht verstehen. Ihm war klar, dass diese riesigen Exemplare die Anführer aller Knubbelgeister waren. Und er verstand, dass sie Shalamar holen wollten.

»Das darf nicht sein«, knurrte Lucas und rief noch einmal: »Nathanael!«

Es geschah immer noch nichts.

»Alles umsonst!«, schimpfte Lucas. »Es war alles umsonst!«

Doch in diesem Moment erklang ein weiteres Geräusch. Ein überlautes Kracken und Knacksen. Es klang panisch – so als ginge es um Leben und Tod.

Und diese Panik steckte die anderen an. Die vielen Knubbelgeister blickten sich um. Ihre Astaugen weiteten sich. Sie schienen so eine Angst zu haben, dass sie Lucas und seine Freunde losließen. Mit wedelnden Zweigen und knacksenden Rufen eilten sie alle zur Tür hinaus. Sogar die zwei riesigen Anführer stürzten hinterher.

Innerhalb von Sekunden herrschte eine greifbare Ruhe in dem riesigen Gewölbekeller.

Das panische Kracksen hörte mit einem Mal auf. Es veränderte sich zu einem hölzernen Gekicher. Und schließlich trat Kracks hinter einer großen Säule hervor. Mit einem breiten Grinsen in seinem Rindengesicht.

»Warst du das?«, fragte Lucas, während er sich aufrichtete.

»Kracks!«, klang es ihm freudig entgegen.

»Du hast so geschrien?«, forschte Li-Feng nach und kniete sich vor Kracks.

Der kleine Kerl nickte, und Li-Feng fragte verwirrt: »Warum?«

Kracks baute sich auf, wedelte heftig mit seinen Holzarmen und verzog dabei das Gesicht zu einer frechen Grimasse, die aussah, als wolle er die verängstigten Knubbelgeister von vorhin nachäffen.

Ole verstand sofort, worauf Kracks hinauswollte: »Falsche Frage«, lachte er. »Ich glaube, du solltest ihn nicht fragen, *warum* er geschrien hat, sondern *was* er geschrien hat.«

»So?«

Ole zwinkerte Kracks zu. »Hast du etwa Feuer gebrüllt?«

Nun strahlte Kracks regelrecht über alle Astlöcher hinweg, und Ole lachte los.

»Mensch, Kracks. Du hast uns gerettet!«, stimmte Lucas erleichtert zu.

»Kracks!«, klang es nun selbstbewusst und stolz hervor, und die Freunde lachten.

Doch dann schwiegen alle. Mit einem Mal. Lucas, Ole und Li-Feng blickten erschrocken an Kracks vorbei.

Als Kracks sich umdrehte, sah er die beiden riesigen Knubbelgeist-Anführer. Sie kamen mit grimmigen Mienen auf die Freunde zu – anscheinend hatten sie gemerkt, dass sie reingelegt worden waren.

»Jetzt wird es langsam Zeit abzuhauen!«, rief Lucas aus. »Nathanael!«, schrie er. »Schnell!«

Doch noch immer geschah nichts.

Die riesigen Anführer traten näher. Sie holten mit ihren Astarmen weit aus.

»Nathanael«, rief Ole. »Falls du es vergessen hast: Die Schattenrisse müssen umgedreht werden, wenn du uns zurückholen willst!«

Die Anführer beugten sich zu den Freunden hinab und ließen ihre langen Astarme auf sie niedersausen, doch sie griffen nur ins Leere. Lucas, Ole, Li-Feng und Kracks waren spurlos verschwunden.

Kapitel 16

»Mann, war das knapp!« Es tat so gut, wieder in der alten Fabrikhalle anzukommen und das Gesicht von Nathanael zu sehen.

Li-Feng, Ole und Kracks ging es ebenso. Gerade Kracks zitterte bis in die dünnsten Zweigspitzen und kam nur langsam wieder zur Ruhe.

»Danke für den Tipp mit den Schattenrissen«, sagte Nathanael kleinlaut zu Ole. »Daran hatte ich nicht mehr gedacht.«

Ole ließ sich von ihm auf die Füße helfen. »Wir haben es ja noch mal geschafft!«

»Tut mir leid«, wandte sich Nathanael an die Gruppe, aber niemand war ihm wirklich böse. »Nun kennen wir also Shalamars Plan. Doch dieses Mal kommen wir ihm zuvor«, fuhr Nathanael fort.

»Wie denn?«, fragte Lucas, der spürte, wie sich die Aufregung der letzten Stunden langsam in ihm legte. Er zog Nathanaels Ring vom Finger und gab ihn zurück.

Li-Feng gab ebenfalls ihren Ring ab, und Ole zog die Kette aus.

Nathanael legte die beiden Ringe gegeneinander, sodass sie wieder miteinander verschmelzen konnten, fädelte die Kette ein und legte sie sich um den Hals.

»Wir müssen vor Shalamars Knubbelgeistern in Camelots Kerker sein. Wir müssen verhindern, dass dieses Stück des Tuches zu dem fiesen Rupert von ... von ... irgendwo gelangt«, sagte Ole.

Nathanael nickte. »Shalamar hat sich den Richtigen ausgesucht für seinen Plan. Rupert ist unberechenbar. Und das, was er auslösen könnte, ist nicht auszudenken. Es könnte einen Ruck durch die ganze Menschheitsgeschichte geben. Dann würden wir morgen in einer völlig anderen Welt erwachen. Es könnte sein, dass es noch mehr Kriege und viel mehr Zerstörung in der Vergangenheit gegeben hat, als es ohnehin schon der Fall ist. Und genau das ist Shalamars Absicht. Er will die ganze Welt aus den Angeln heben und sich in dem Chaos als Herrscher platzieren. Und genau das könnte ihm auch gelingen.«

»Könnte!«, wiederholte Lucas. »Aber es gibt ja noch uns!«

»Genau!«, rief Li-Feng.

»Kracks«, brüllte Kracks.

Nur Ole sagte nichts. Er war schon dabei, die Schattenrisse wieder in die richtige Position zu stellen.

»Wie gelangen wir in den Kerker?«, fragte Lucas. »Nathanael, kennst du den Weg?«

Nathanael nickte nachdenklich. »Den Weg dorthin kenne ich. Aber ich weiß nicht, wie der Kerker geschützt ist. Natürlich gab es schon Schlösser und Riegel zu Artus' Zeiten. Einfache, grobe Schlösser aus Metall, aber ...«

»Wie wollen wir die denn öffnen? Keiner von uns kann Schlösser knacken.«

»Unterschätze meine Fähigkeiten nicht«, riet Nathanael und zwinkerte Lucas zu.

Li-Feng wurde ungeduldig. »Wir müssen also in den Kerker gelangen und verhindern, dass dieses Tuch in die Zelle von Rupert gelangt, richtig?«

»Mehr als das«, widersprach Nathanael. »Ihr müsst verhindern, dass Rupert von Kent überhaupt die Knubbelgeister zu Gesicht bekommt. Allein schon diese Begegnung könnte Auswirkungen auf das Zeitgefüge haben.«

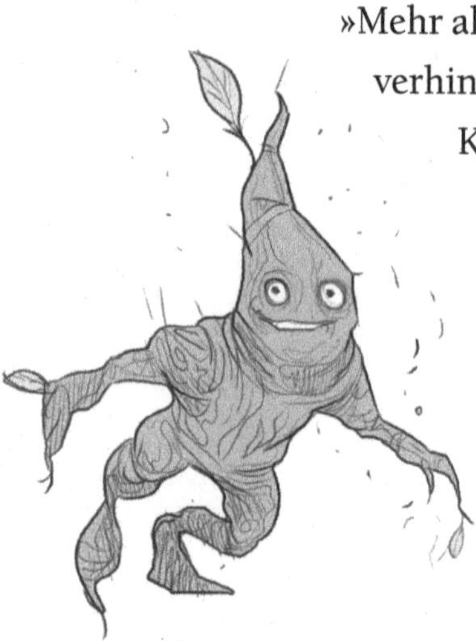

»Puh!« Li-Feng stöhnte. »Das ist alles noch so wenig durchdacht.«

»Wir haben ja einen Joker.« Nathanael lächelte zu Kracks hinüber. »Du, kleiner Freund, bist Teil seines Plans. Du bist einer der Knubbelgeister, die heute von ihm losgeschickt wurden. Du bist das Bindeglied von uns zu ihm.« Er deutete auf die graue Kiste an einer der Fabrikwände. Ein winziger Stein stand darauf, der einen Schatten in Form von Kracks warf. »Ich habe vorgesorgt. Mit deinem eigenen Schattenriss werde ich auch Kontakt zu dir halten, Kracks.« Jetzt wandte sich Nathanael wieder allen im Raum zu: »Dieser Einsatz ist für uns eine sehr große Chance. In all den Jahrhunderten, die ich nun schon versuche, Shalamars Pläne zu durchkreuzen und die fehlenden Stoffteile zu finden, habe ich zum ersten Mal wirklich Hoffnung. Endlich können wir ihm vor Ort das Handwerk legen.«

Lucas wollte ihm gerade antworten, als mit Kracks etwas Merkwürdiges vor sich ging. Er begann zu zittern und zu zucken. Ängstlich sah er sich um. Er versuchte zu verstehen, was dort mit ihm vorging, doch dann verschwand er mit einem lauten »plopp« aus ihrem Blickfeld.

»Kracks!«, rief Li-Feng und stürzte sich auf die Stelle, an der er gerade noch gestanden hatte.

»Keine Sorge«, beruhigte sie Nathanael. »Shalamar hat ihn zu sich gerufen. So wie alle anderen Helfer auch. Ihr werdet ihn in Camelots Kerker wiedersehen. Macht euch bereit, es beginnt!«

Er sah zur Seite, auf den Schattenriss, den Kracks' Stein an die Wand warf. Die anderen folgten hoffnungsvoll seinem Blick.

Der Schattenriss bewegte sich nicht. Noch nicht. Erst nach einigen Momenten öffnete Kracks' schwarzes Ebenbild den Mund und rief hallend: »Kracks!«

»Na, also«, sagte Nathanael und wurde sichtlich aufgeregt. »Kracks ist angekommen. Ich werde euch drei nun hinterherschicken.«

In Lucas begann es wieder vor Aufregung zu kribbeln – und auch, weil er Angst hatte. Natürlich war er gespannt, was sie alle erwartete, gleichzeitig hatte er auch ein mulmiges Gefühl im Bauch.

Doch er hatte keine Gelegenheit, jetzt darüber nachzudenken, denn Nathanael richtete sich bereits zu seiner vollen Größe auf. Er trat in das Licht der untergehenden Sonne, das durch die schmutzigen Scheiben der Fabrikhalle ins Innere schien, und ließ seinen Schatten auf Li-Feng, Ole und Lucas fallen. Im selben Moment lösten sich die drei auf.

Lucas wurde allmählich schwindlig von all den Reisen durch Zeit und Raum. Doch das Gefühl hielt nicht lange an, denn ein anderes stellte sich ganz schnell ein: Kälte.

Eine Eiseskälte überzog Lucas, noch bevor sich der neue Raum um ihn herum materialisierte. Er blickte auf einen dunklen Gang, der rundherum aus nassem Lehm bestand. Der Boden war matschig, die Decke von Spinnennetzen übersät.

Neben ihm verzog Ole angewidert das Gesicht. »Tja, das ist

wohl die Seite von Camelot, über die niemand bisher berichtet hat, oder?«

»Ich vermute mal, dass niemand aus unserer Zeit je einen Fuß in diesen Gang gesetzt hat«, murmelte Li-Feng, die sich ebenfalls gruselte.

»Ihr habt ja wohl nicht erwartet, dass der Gang zum Kerker aus Marmorsteinen besteht, oder?«, warf Lucas nun grinsend ein. »Kommt, gehen wir tiefer hinein.«

Sie tappten schweigend hintereinander her. Je tiefer sie den Gang hinunterliefen, desto muffiger roch es, und desto kälter wurde es.

»Sind wir bald da?«, fragte Li-Feng und musste kichern, als sie merkte, wie blöd ihre Frage hier wirkte.

»Dort! Seht nur!« Ole war stehen geblieben und wies in den hinteren Teil des Ganges. »Licht!«

Aus der Tiefe der Dunkelheit flackerte ein Licht zu ihnen.

»Wohl eine Fackel«, vermutete Lucas. »Dann sind wir vielleicht am Ziel angekommen.«

Es war schwierig, auf dem matschigen Boden zu schleichen, denn jeder Schritt war mit einem schmatzenden Geräusch verbunden. Also kamen sie nur in Zeitlupe vorwärts, doch schließlich hatten sie das flackernde Licht und einen Durchgang erreicht.

Lucas schaute um die Ecke. »Niemand hier«, flüsterte er, und sie wagten sich alle drei aus dem Gang heraus.

Der Raum, in dem sie landeten, bot keinen Luxus, war

aber auch nicht mehr so abschreckend wie der Gang vorhin. Immerhin gab es einen Holzboden, auf dem ein Tisch und zwei Stühle standen. An den Wänden hingen Fackeln. Daher kam das flackernde Licht.

An einer Wand gab es einen hohen Schrank mit zwei Türen.

»Wahrscheinlich sind da die Waffen der Kerkeraufseher drin«, mutmaßte Ole.

Dem Schrank gegenüber gab es noch eine weitere Tür, die regelrecht mit Schlössern und Riegeln übersät war. Sicherlich zwanzig verschiedene Metallschlösser hingen übereinander aufgereiht an den dicken Holzlatten, allesamt verschlossen. Und auch die vielen Riegel waren alle vorgeschoben.

Aus dem Raum hinter der Tür war eine schwache Männerstimme zu hören. Sie sang. Aber es war kein fröhliches Lied. Es klang gedämpft und traurig.

»Das wird er sein, dieser verräterische Rupert«, sagte Li-Feng, und Lucas und Ole nickten bestätigend.

»Vielleicht ist er nur deshalb nie in den Geschichtsbüchern aufgetaucht, weil er hier nie herausgekommen ist«, grübelte Lucas, doch Ole hatte keine Lust, sich weiter Gedanken zu machen.

»Los, wir sollten jetzt irgendwie diese Schlösser öffnen!«

»Was heißt denn *irgendwie*?«, fuhr ihm Li-Feng dazwischen. Aus ihrem Zopf löste sie eine Haarspange, bog sie gerade und stocherte damit in dem Schloss herum.

Lucas legte den Kopf schief: »Sag bloß, du kannst Schlösser knacken!«

»Meistens. Wenn mir keiner dazwischenquatscht und ...«

Sie stockte und zog die Spange aus dem Schlüsselloch. »Habt ihr das auch gehört?«

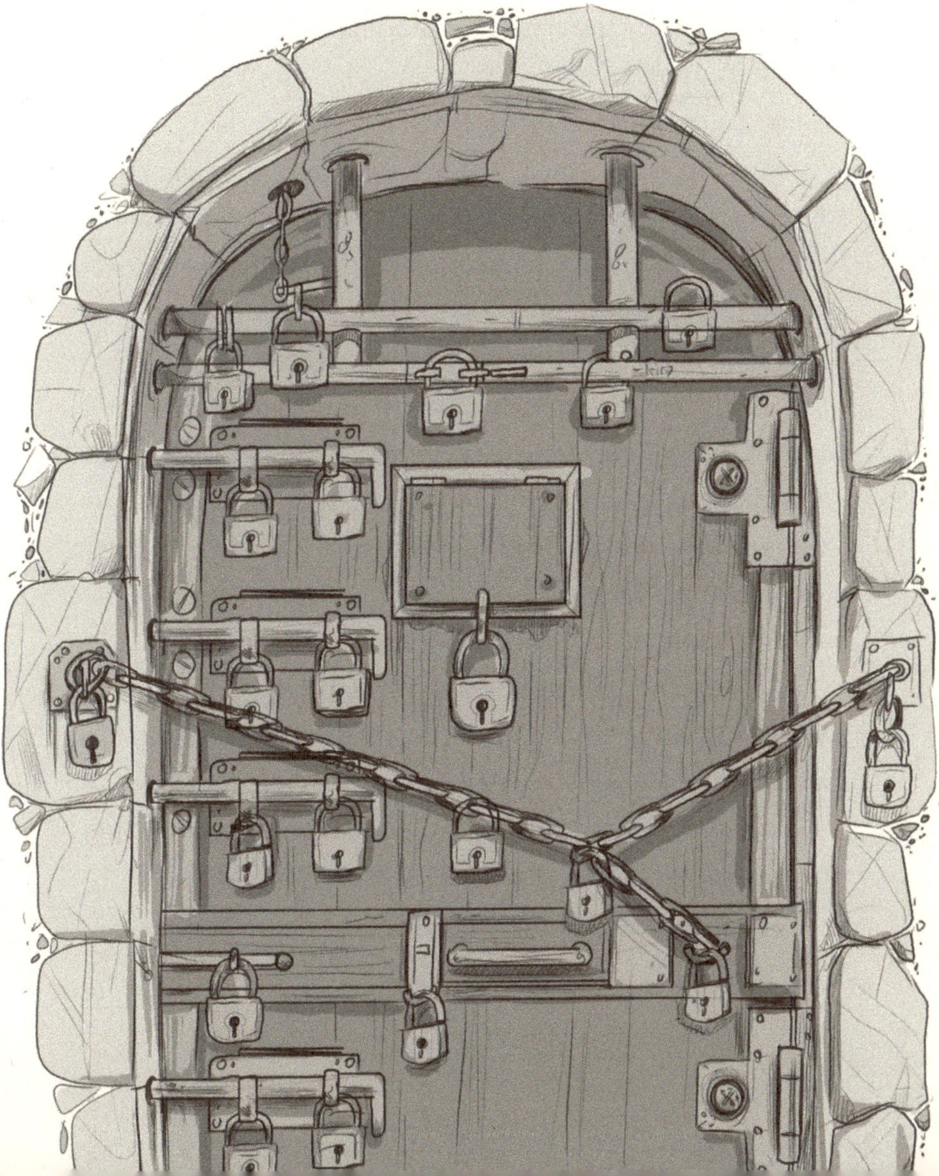

»Ja!«, rief Lucas aus. »Da kommt jemand!«

Die drei Freunde sahen sich an.

»Hier gibt es nichts zum Verstecken«, stellte Ole fest. »Der Raum ist sowas von kalt und kahl. Wir haben keine Möglichkeit ...«

Die Geräusche wurden lauter. Ein Knacken und Krachen, als ob unzählige Hölzer gegeneinandergeschlagen wurden.

»Die Knubbelgeister«, durchfuhr es Li-Feng. »Sie kommen. Früher als erwartet!«

Lucas sah sich panisch in dem Raum um: Unter dem Tisch würden sie sofort entdeckt werden. In die Zelle des Kerkers kamen sie nicht hinein. Der Boden war aus Holz. Da konnten sie sich nicht drunter verstecken. Blieb nur noch ...

»... der Schrank!«, zischte Lucas. »Schnell! Rauf da!«

Er stellte sich neben den Schrank und legte seine Hände so ineinander, dass sie den Tritt einer Räuberleiter ergaben. »Schnell!«, mahnte er noch einmal.

Er half Ole und Li-Feng hoch und wurde dann von den beiden hochgezogen.

Keine Sekunde zu früh. Gerade als sie sich hintereinander auf den Schrank gelegt hatten, stürmten mehrere Knubbelgeister in den Raum. Sie knackten und kracksten aufgeregt durcheinander. Keiner von ihnen hatte wohl bisher solch einen Raum gesehen oder auch nur eine Ahnung davon gehabt, wie es in einem Kerker aussah. Es war ein Riesenlärm.

Schließlich traten die riesigen Anführer hervor, die Lucas

und seine Freunde bereits aus dem Gebäude vor Camelot kannten. Sie waren so lang und groß, dass sie beinahe auf den Schrank schauen konnten. Lucas, Li-Feng und Ole legten sich daher noch flacher hin.

Lucas hielt den Atem an, was gar nicht so einfach war, denn sein Herz raste und schlug in seiner Brust, als wolle es herausspringen. Dennoch lugte er vorsichtig über den Rand des Schranks, um alles zu beobachten. Auch nach Kracks hielt er Ausschau, doch ihn konnte er zwischen all den vielen Knubbelgeistern, die sich in dem weiten Vorraum drängten, nicht erkennen. Gern hätte er ihm ein Zeichen gegeben, doch das Risiko, entdeckt zu werden, hätte Lucas ohnehin nicht eingehen können. Mit Sicherheit standen diese Knubbelgeister allesamt in Kontakt zu Shalamar. Ähnlich wie Lucas und Li-Feng Kontakt zu Nathanael hielten.

Lucas konnte sehen, dass einer der beiden Knubbelgeist-Anführer das Stück Stoff in seinen Astarmen hielt, aber einen Schlüssel zum Öffnen der Kerkertür entdeckte er nirgends.

Die beiden ließen ihre Blicke durch den Raum gleiten, schauten aber zum Glück nie nach oben. Anscheinend witterten sie keine Gefahr und fühlten sich ihrer Sache sicher.

Dann gaben sie Befehle, laut knacksend und scharf. Die vielen Knubbelgeister um sie herum nickten und machten sich gleich an die Arbeit. Zwölf von ihnen positionierten sich an der Kerkertür. Sie kletterten aufeinander und übereinander, bis sich jeder dieser Knubbelgeister direkt vor einem der Schlösser befand. Ein Anführer knackste erneut einen Befehl, und nun streckten die Knubbelgeister ihre dünnen Äste nach vorn.

Sie warteten konzentriert auf den endgültigen Befehl durch die Anführer. Doch Lucas verstand noch immer nicht, wie sie vorgehen wollten. Keiner von ihnen hatte einen Schlüssel oder Werkzeug dabei.

Da fiel Lucas etwas ein: Shalamar hatte im Keller seines Hauses über die Fähigkeiten der Knubbelgeister gesprochen.

Die beiden Anführer stellten sich hinter den Turm aus Knubbelgeistern, blickten sich noch ein letztes Mal um, bevor sie ihren Befehl ausriefen. Es erklang ein donnerndes Krachen aus den hölzernen Kehlen der beiden, das so laut war, als würde im Wald ein ganzer Baum gefällt werden.

Lucas staunte, als er sah, wie die vielen Knubbelgeister vorgingen: Sie streckten ihre Arme aus und führten die dünnen Astspitzen in die Schlüssellöcher vor ihnen. Dabei begannen sich ihre Äste zu verformen. Sie wurden länger oder dicker oder breiter. Schon hörte man das erste »klick!« eines sich öffnenden Schlosses, denn anscheinend war es den Knubbelgeistern möglich, ihre hölzernen Arme so zu verformen, dass sie einen Schlüssel ergaben. Das also war die Fähigkeit, von der Shalamar gesprochen hatte! Die Knubbelgeister veränderten so lange ihre Astspitzen, bis sie den jeweiligen Schlüssel nachgeformt hatten. So ließen sich die Schlösser öffnen.

Vor den erstaunten Augen von Lucas und seinen Freunden sprang eins nach dem anderen mit einem lauten »klick!« auf, bis auch das letzte Schloss geknackt war. Einer der Anführer stürmte nach vorn und warf den Turm der Knubbelgeister ungeduldig um. »Knack-Krack-Knick-Knack«, fluchte er rasend vor Aufregung. Mit seinen Astarmen riss er in Sekundenschnelle die Riegel zurück, die es an der Kerkertür gab, dann griff er nach dem Türgriff. Allerdings öffnete er die Tür noch nicht. Zuvor hielt er kurz inne und drehte sich zu den Knubbelgeistern im Raum um.

Sofort brandete hölzerner Beifall auf. Es wurde geklatscht und gerufen.

Lucas wurde klar, dass sie nun handeln mussten.

»Was sollen wir bloß tun?«, fragte er Li-Feng und Ole, die neben ihm lagen und ebenfalls unter Hochspannung standen.

»Angreifen!«, zischte Ole hervor. »Irgendwie. Er darf keinesfalls die Tür öffnen.«

»Aber ...«

Der Anführer genoss den Jubel. Stolz schaute er in die Runde, um allen zu zeigen, dass er der Held des Tages war. Er war ...

Er war derjenige, dessen Blick zuerst auf Li-Feng, Lucas und Ole fiel. Augenblicklich riss er die Zweige in die Höhe und zeigte auf den Schrank: »KRAAAAAAK!«

Alle Augen richteten sich auf die Freunde. Und dann begannen die Knubbelgeister Türme zu bauen, um an Lucas, Li-Feng und Ole heranzureichen. Und von dort oben gab es kein Entkommen.

Die ersten Knubbelgeister waren schon fast auf der Höhe der Freunde, als Li-Feng nach ihrem Haarzopf griff und die vielen versteckten Dinge auf den Schrankdeckel fielen.

Sie reichte Ole und Lucas Steinschleudern und Munition. Li-Feng selbst brauchte so etwas nicht, sie konnte auch so kämpfen.

Lucas spannte einen Stein in die Schleuder und zielte auf einen der Knubbelgeister, die am Boden standen und den Turm der anderen Geister trugen. Lucas nahm das Bein des Knubbelgeistes ins Visier und schoss.

Der Knubbelgeist schaute verdutzt, verlor das Gleichgewicht und fiel. Die Knubbelgeister, die auf ihm saßen, purzelten der Reihe nach hinunter und schimpften wild durcheinander.

Ole schoss ebenfalls auf die Knubbelgeister, und Li-Feng verpasste dem zweiten Turm aus Zweigen einen derart gezielten Tritt, dass er im nächsten Moment ebenfalls zu Boden polterte.

Doch gegen die Übermacht der vielen Knubbelgeister hatten sie keine Chance. Nach einiger Zeit schafften es manche Knubbelgeister doch auf den Schrank hinauf und griffen mit ihren Ästen nach Lucas und seinen Freunden. Die Zweige erwischten sie an den Füßen und zogen sie vom Schrank herunter. Die drei fielen nach unten. Zum Glück fingen viele der Zweige den Sturz ab, doch dann packten die Knubbelgeister auch schon die Hände und die Arme der Freunde, sodass weder Lucas noch Li-Feng oder Ole sich wehren konnten.

Die beiden Anführer schimpften in ihrer krachenden Sprache auf sie ein.

Lucas überlegte fieberhaft, wie sie sich befreien konnten, doch im Angesicht der gewaltigen Überzahl an Knubbelgeistern fiel ihm nichts ein.

Das Schimpfen der beiden Anführer wurde lauter und lauter. Viele der umstehenden Knubbelgeister stimmten sogar mit ein.

Er musste handeln. Alle drei mussten handeln.

Da plötzlich bemerkte Lucas, wie die hölzernen Gesichter der Anführer blasser wurden. Und er verstand sofort, was das bedeutete.

»Nein!«, schrie er. »Nathanael. Noch nicht! Hol uns noch nicht zurück in die Fabrik. Nicht ohne Kracks, nicht ohne das Stück Stoff!«

Doch Nathanael konnte oder wollte den Zauber nicht rückgängig machen. Alles um sie herum verblasste. Und das Letzte, was Lucas noch erkennen konnte, war Kracks, wie er von hinten einen der Anführer ansprang, ihm todesmutig den Stoff entriss und sich auf Lucas fallen ließ, der sofort beide Arme um ihn schloss.

Kapitel 17

Nachdem Nathanael das Tuch über seinem Schreibtisch ausgebreitet und das kleine Stück aus dem Kerker danebengelegt hatte, rutschte der Fetzen von selbst auf das Tuch zu. Als wären die Tücher Magneten, die sich gegenseitig anzogen. Der Fetzen legte sich an die Stelle, aus der er vor vielen Jahrhunderten gerissen worden war, und verband sich mit dem Tuch so, dass nicht einmal die kleinste Naht zu sehen war.

Nathanael strich glücklich darüber. »Geschafft«, sagte er voller Erleichterung. »Zum ersten Mal ist es gelungen, ein Stück des Stoffes zurückzubringen.« Er schaute glücklich auf seine Helfer. »Glaubt mir, wir haben ganz gewiss großes Unglück verhindert. Mit solchen hinterlistigen Spielen wie diesem hier hat Shalamar schon sehr oft ganze Kriege herbeigeführt. Doch ihr habt es geschafft, ihn zu bremsen.«

Lucas, Li-Feng, Ole und Kracks rückten dichter aneinander. Sie standen in der Mitte der Fabrikhalle und wussten nicht recht, was sie sagen sollten. Bis Li-Feng eine Hand ausstreckte und rief:

»Keine Gefahr, ob groß, ob klein ...«

Schnell schlugen die übrigen mit ein:

»... kann stark wie uns're Freundschaft sein.«

Nathanael lachte und schlug ebenfalls mit ein.

Lucas wandte sich an Kracks: »Das war Rettung in allerletzter Sekunde«, lobte er ihn.

»Krackeldikracks«, winkte der Knubbelgeist ab, und die anderen lachten.

Dann blickte Lucas sich um. Sie alle kannten sich nun erst wenige Tage, aber ihm war es, als habe diese Fabrikhalle mit all den Menschen und mit Kracks schon immer zu seinem Leben gehört.

Gerade wollte er etwas sagen, als laute Geräusche sie zusammenschrecken ließen. Erst war es nur ein Scharren, das aus einer Ecke der Halle direkt unter dem verfallenen Dach zu ihnen herüberklang. Es folgte ein Kratzen. Kleine Steinchen rieselten auf den Boden herab. Schließlich ertönte ein lauter Schlag. Lucas und seine Freunde konnten sehen, wie sich ein großer Steinblock aus der Wand löste und nach unten fiel. Polternd schlug er am Fuß der Fabrikwand auf.

»Was war das?«, rief Ole, und sie rannten zu dem Steinbrocken hinüber. Da entdeckten sie den riesigen Schatten, den er an die Wand hinter sich warf. Er zog sich in die Länge, in die Breite, und schließlich entstand ein schemenhaftes Gesicht an der Wand, das alle sofort erkannten.

»Shalamar!«, hauchte Lucas erschrocken. Wie war das möglich? Shalamar hatte doch nur Macht über den magischen Baum und die Knubbelgeister?

In diesem Moment gab der Schatten Antwort: »Gut erkannt, Junge. Ich bin es!« Obwohl nur Shalamars Schattenriss zu sehen war, konnten alle darin die Wut des Magiers erkennen. »Ihr habt meine Pläne durchkreuzt!«, brüllte er, und seine Stimme wurde von den Fabrikhallen als vielfaches Echo zurückgeworfen.

»Nathanael, endlich ist es dir gelungen, mir etwas entgegenzusetzen. Nach all der Zeit! Nach all deinen Bemühungen. Doch ich sage dir: Du hast einen Fehler begangen. Einen fatalen Fehler! Sieh her, ich habe deine Magie erkannt. Der Schattenriss, dein Versteck – all das hast du mir verraten, weil du dich auf einen meiner Gehilfen verlassen hast.«

Kracks schreckte auf und versteckte sich zitternd hinter Lucas' Beinen.

»Dadurch, dass du diesen Knubbelgeist bei dir aufgenommen hast, konnte ich dich aufsuchen und deinen Zauber erlernen. Erfreue dich an deinem ersten Erfolg, Nathanael. Lache über meinen Verlust. Aber beeil dich. Denn dies wird das erste und letzte Mal sein, dass du mir in die Quere gekommen bist. Ich habe vorgesorgt. Du und deine lächerliche Bande, ihr werdet mir nicht mehr gefährlich werden.«

Damit verstummte die Stimme. Der Schattenriss gab Shalamars Konturen auf und wurde nur noch zum Schatten des riesigen Steins, der sich aus der Fabrikwand gelöst hatte.

Lucas blickte zu Nathanael und erschrak, als er sah, wie blass der Magier geworden war.

»Ich bin wohl alt geworden«, sagte Nathanael enttäuscht. »Alt und schwach und unvorsichtig.«

»Kracks?«, erklang es besorgt an seiner Seite.

»Keine Sorge, Kracks. Dich trifft keine Schuld. Ich habe Shalamar unterschätzt. Ich bin es, der sich Vorwürfe machen sollte. Ich war zu leichtgläubig!«

Lucas legte ihm eine Hand auf die Schulter. »Aber nein! Dein Plan war super. Wir haben doch ...«

Plötzlich wurde er von einem ohrenbetäubenden Tosen unterbrochen. Draußen, vor der Fabrik, ging etwas vor sich. Ein Rauschen war zu hören, dann erklangen Schritte an den Außenwänden.

»Was ist das?«, fragte Ole.

Alle blickten sich hektisch um. Bis es plötzlich dunkel wurde. Das Sonnenlicht, das durch das Dach der Fabrikhalle geschienen hatte, wurde verdeckt. Hunderte Knubbelgeister standen auf den Mauern der Fabrik und den Resten des Daches. Sie starrten zu den Freunden herab.

»Ich hab sie alle hergeführt«, fluchte Nathanael. »Dadurch, dass ich Kracks hierhergerufen habe, erfuhr Shalamar, wo wir uns verstecken. Ich bin wirklich alt und unvorsichtig geworden.«

»Warum rührt sich keiner von denen?«, wunderte sich Ole. Diese Ruhe und die Bewegungslosigkeit der starrenden Knubbelgeister waren unheimlich.

Li-Feng zeigte zum Eingang der Fabrik. »Ich denke, da kommt deine Antwort«, sagte sie.

Dort, wo einst eine Tür eingelassen worden war, standen die beiden Anführer der Knubbelgeister mit grimmigen Mienen in ihren Rindengesichtern.

»Ich nehm's zurück«, brummte Ole. »Ich will doch nicht mehr wissen, was das alles soll!«

Die beiden Anführer schauten sich kurz um, dann gaben sie laut krachend den Befehl zum Angriff. Nun kam Leben in die Knubbelgeister. Sie sprangen oder kletterten von der Fabrikmauer herab und stürmten auf Lucas und seine Freunde zu.

Li-Feng schnappte sich eine alte Metallstange, die auf dem

Boden lag, lief damit auf die Knubbelgeister zu und ließ sich, kurz bevor sie die Angreifer erreicht hatte, auf den Boden fallen. Dann holte sie mit der Stange aus und wischte gleich fünf Knubbelgeister von den Beinen.

Lucas griff nach seiner Steinschleuder. Er raffte vom Boden der Fabrik kleine Steine auf und schoss damit auf die angreifenden Knubbelgeister, sodass auch diese zu Boden fielen.

Doch das alles reichte nicht aus. Die Knubbelgeister waren in der Überzahl und kamen weiter in die Hallenmitte gestürzt.

»Was soll ich tun?«, rief Ole. »Was soll ich tun?«

Kracks rannte zu ihm hin und bedeutete Ole, ihn an den Beinen zu packen. Ole stutzte zuerst, doch dann verstand er, was Kracks vorhatte.

»Bist du sicher?«, hakte er vorsichtshalber nach.

»Kracks-Kracks!«, kam die überzeugende Antwort, und Ole ließ sich das nicht zweimal sagen. Mit Kracks in den Händen stürmte er auf die Knubbelgeister zu, blieb dicht vor einer riesigen Gruppe stehen, drehte sich im Kreis und schleuderte Kracks so durch die Menge, dass die Knubbelgeister hintereinander umfielen und durcheinanderpurzelten. Sie verkeilten sich mit ihren Zweigen und schimpften und fluchten.

Ihre Fähigkeit, ihre Äste zu verformen, half ihnen nun auch nicht weiter. Im Gegenteil, sie verhakten sich nur noch mehr ineinander. Ein riesiger, knackend schimpfender Berg aus lebendigen Zweigen entstand.

Die beiden Anführer brüllten wütend auf. Sie beschlossen,

nun selbst einzugreifen, und stürmten in die Halle. Sie rannten erst auf Ole zu. Einer der beiden packte ihn von hinten, der andere zog ihm Kracks aus den Händen. Ole wurde durch die Luft geworfen und fiel dicht neben Nathanael zu Boden.

Der ging in die Knie und half Ole wieder auf die Beine. »Alles in Ordnung?«

Ole schüttelte sich. »Ja, alles gut. Nichts passiert!« Er rappelte sich wieder auf und stürmte auf den Anführer zu, der Kracks in den Zweigen hielt, doch der andere Anführer stellte sich Ole in den Weg und stieß ihn wieder von sich.

Lucas schoss Steine, Li-Feng verteilte Tritte und Schläge, doch obwohl sie viele von den Knubbelgeistern aus dem Weg räumten, schien der Kampf doch aussichtslos zu sein. Immer mehr und mehr von ihnen stürzten sich auf die Freunde.

Der Anführer, der Kracks in den Händen hielt, schäumte vor Wut darüber, dass Kracks sich auf die Seite der Feinde geschlagen hatte. Da kam von oben ein weiterer Knubbelgeist gesprungen. Es war der kleine, dünne Knubbelgeist, der Kracks schon in Shalamars Haus nicht von der Seite gewichen war. Mit seinen dünnen Ärmchen kratzte er dem Anführer ins Gesicht, sodass der Kracks fallen ließ. Er holte weit aus und gab dem Anführer einen so kräftigen Stoß, dass dieser nach hinten überfiel.

Es stürmten immer mehr in die Halle. Von allen Seiten regnete es Knubbelgeister, die nur ein Ziel hatten: Nathanael, Lucas, Ole, Li-Feng und Kracks gefangen zu nehmen.

Plötzlich kam der zweite Anführer auf Ole zugerannt. Im Schwung riss er seine Zweige nach vorn und schnappte sich den Jungen, bevor der reagieren konnte.

»Ole!«, schrie Lucas, der den Angriff beobachtet hatte. Er wollte seinem Freund helfen, doch er kam gegen die Knubbelgeister nicht an.

In diesem Moment stürzten sich einige Knubbelgeister auf Li-Feng und überwältigten sie. Einer warf sich auf Li-Feng und ließ seine Zweige wachsen und dicker werden, sodass sie wie in einem Gefängnis darin festsaß.

»Lucas!«, schrie Li-Feng. »Lass dir was einfallen! Du bist doch unser Rätselknacker!«

Doch Lucas hatte gerade andere Probleme: Er fand kaum noch Steine für seine Schleuder. Die Knubbelgeister um ihn herum kamen immer näher. Und genau in dieser Sekunde gelang es den ersten Knubbelgeistern auf dem Stapel, sich aus dem Gewirr aus Ästen und Zweigen zu befreien.

»Rätselknacker!«, hallte Li-Fengs Stimme in seinem Kopf nach.

So schnell er konnte, drehte er sich um und hechtete zu einem der uralten Regale, die schief gegen die Wände der Halle lehnten. Im Schwung ließ er sich fallen und rutschte so unter eines der Regale. Er stemmte sich mit dem Rücken dagegen und mit den Füßen gegen die Wand – so brachte er das Regal zum Fallen. Die Knubbelgeister hinter ihm schreckten zurück.

Doch es hielt sie nicht lange zurück.

Lucas hätte sich am liebsten unter dem Regal versteckt, so wie neulich in dem Lager des Elektronikgeschäfts. Doch die Regale waren zu schmal und ...

Mit einem Mal horchte Lucas auf. »Das Geschäft!«, rief er aus und erinnerte sich an den Tag, an dem er Nathanael begegnet war. Nun wusste er, was zu tun war. Er sprang hinter dem umgestürzten Regal hervor und auf Kracks zu.

»Kracks!«, rief er aus. »Ich brauche deine Hilfe!«

Er packte ihn und seine Freundin an ihren Astarmen und zog sie schnell mit sich, während sich hinter ihm neue Knubbelgeister näherten.

Lucas brachte die beiden zu Nathanael. Er zeigte zu dem zerfallenen Dach der Fabrik und rief Kracks zu. »Bring ihn dort hinauf!«

»Was?«, rief Nathanael entsetzt. »Ich bin nicht schwindelfrei. Ich ...« Doch in diesem Moment verstand er, was Lucas vorhatte. »Ja, Kracks. Bring mich hinauf!«

Kracks griff sich Nathanael und verformte mit seinen magischen Kräften seine Zweige. Er schoss mit Nathanael in die Höhe, und die anderen Knubbelgeister blieben verwundert stehen.

Kracks dehnte und streckte sich, bis er Nathanael fast zur Fabrikdecke gehoben hatte. Doch dann stockte er. Es ging

nicht mehr weiter. Seine Zweige ließen sich nicht weiter ausdehnen.

»Kracks«, rief Lucas von unten. »Nur noch ein Stückchen!«

Kracks strengte sich an, doch es gelang ihm nicht, Nathanael auch nur eine Handbreit höher zu heben.

Die Knubbelgeister in der Halle lachten knackend und schnarrend. Sie mussten gemerkt haben, dass Lucas' Plan nicht aufging. Was immer er auch vorgehabt hatte, er war gescheitert. Nun ging keine Gefahr mehr von ihnen aus. Ole war gefangen, Li-Feng war gefangen, und Lucas hatte mit Nathanael keine Chance mehr gegen diese Übermacht aus Knubbelgeistern anzukommen.

Schon wollten die Ersten auf ihn zustürmen, als etwas geschah, womit keiner gerechnet hatte: Das kleine Knubbelgeist-Mädchen, kraxelte an Kracks empor, schnappte sich Nathanael und begann nun ihre eigenen Zweige in die Länge zu ziehen. Sie schaffte es mühelos, Nathanael bis zum Dach zu heben und ihn auf einem Balken abzusetzen.

Nathanael beeilte sich. Er lief über den Balken bis zu der Stelle, die für ihn am geeignetsten war. Die Stelle, an der die Sonne seinen Schatten vollständig über die Fabrikhalle warf.

Nathanael stellte alle Knubbelgeister in seinen Schatten,

und augenblicklich kehrte Ruhe ein. Die Knubbelgeister entspannten sich. Sie vergaßen ihren Auftrag und sackten ruhig in sich zusammen. Sie schlossen ihre Augen und ließen sich von den Gedanken treiben, die gerade über sie kamen. Nathanael selbst schickte ihnen diese Gedanken. Er ließ sie wissen, was Shalamar im Schilde führte. Er zeigte ihnen, wie viel Leid und Elend Shalamar mit seinen gemeinen Plänen über die Welt gebracht hatte. Und vor allem ließ er sie spüren, dass sie auf Shalamar nicht angewiesen waren. Nathanael zeigte den Knubbelgeistern in seinem Schatten den Weg zum Schauerwald und lud sie ein, sich sofort dorthin zu begeben und ihrem Traum von einem friedlichen Baumleben nachzugehen.

Die Zweige, die Ole festhielten, öffneten sich und ließen ihn frei. Li-Feng wurde von einem sich verformenden Zweig aus dem Stapel der vielen Knubbelgeister gehoben und sanft auf dem Boden abgesetzt.

Als Nathanael zur Seite trat und wieder das Sonnenlicht in die Fabrik strömen ließ, richteten sich alle Knubbelgeister wie aus einem Traum auf. Sie lachten sich zu, halfen sich gegenseitig aus dem Stapel heraus, drückten sich mit den Zweigen aneinander und zogen friedlich hintereinander aus der Fabrik hinaus.

Die beiden Anführer der Knubbelgeister winkten Nathanael sogar noch zu und bedankten sich krachend bei ihm.

Kracks und der Knubbelgeist, der auf ihm saß, brachten Nathanael wieder sanft auf den Boden zurück.

Li-Feng kam zu Lucas gelaufen: »Hey, du bist also doch der weltbeste Rätselknacker!«

»Ja«, stimmte auch Ole zu. »Das war genial vorhin!«

Lucas freute sich über die Komplimente, doch er sagte nichts. Stattdessen half er den beiden Knubbelgeistern, sich voneinander zu trennen und rechnete damit, dass die zwei nun ebenfalls loslaufen würden, doch sowohl Kracks als auch der andere Geist blieben stehen.

»Wollt ihr nicht in den Schauerwald zu den anderen?«, erkundigte sich Lucas.

Kracks schüttelte sein Laub und stieß Lucas gegen die Schulter.

Lucas verstand sofort und freute sich: »Was? Du willst hierbleiben? Bei uns?«

Kracks lachte. Auch der kleinere Knubbelgeist stieß Lucas gegen die Schulter und rief: »Knick!«

Lucas kicherte: »Ach, du bleibst auch bei uns?« Er schaute nach seinen Freunden, die allesamt nickten. »Na dann, herzlich willkommen.«

»Du brauchst aber einen Namen«, bestimmte Li-Feng.

Der kleine Knubbelgeist schaute sie gespannt an und fragte mit seiner hohen Holzstimme: »Knick?«

»Genau!«, rief Li-Feng lachend. »Du heißt jetzt Knick! Das passt doch prima!«

Sie lachten und drehten sich zum Eingang der Halle um, wo die letzten Knubbelgeister gerade die Fabrik verließen. Zurück blieb ein wildes Chaos: Überall lagen Laubblätter und Reste des riesigen Regals herum.

Aber es herrschte auch Ruhe.

»Die Knubbelgeister werden uns nicht mehr gefährlich werden«, überlegte Nathanael, und seine Stimme klang sehr ernst, als er fortfuhr: »Doch es werden andere kommen. Shalamar wird sich nicht so schnell geschlagen geben. Er wird sich neue Geister aus dem Baum pflücken. Er wird neue Pläne schmieden, mit denen er den Menschen schaden kann. Ich denke, der wahre Kampf gegen Shalamar hat gerade erst begonnen.«

Kapitel 18

Lucas war komisch zumute, als er den Schulhof betrat. Dies hier war plötzlich alles so völlig anders als das, was er in den letzten Tagen in der Fabrik und auf seinen magischen Reisen erlebt hatte. Schule und Hausaufgaben standen magischen Intrigen und Kämpfen gegen hölzerne Knubbelgeister entgegen. Da musste er sich ganz schön konzentrieren, um das alles auf die Reihe zu bekommen.

Aber das gelang ihm nicht so recht, er musste immer wieder an Nathanael, seine neuen Freunde, das Tuch der Tafelrunde und die Knubbelgeister denken. Deshalb sah Lucas auch nicht nach vorn auf seinen Weg und lief geradewegs in jemanden rein.

»Autsch!«

Die Bilder der Schlacht in der Fabrikhalle verschwanden aus seinem Kopf und wurden gegen das reale Bild von Noah eingetauscht, der sich Lucas in den Weg gestellt hatte. Natürlich war Emma wieder an seiner Seite.

Lucas wurde augenblicklich heiß und kalt. Wenn er die Wahl gehabt hätte, wäre er lieber wieder in einen Kampf gegen einhundert Knubbelgeister verwickelt gewesen, als nun ausgerechnet Noah gegenüberzustehen.

»Ach, guck mal! Lucas!«, tönte Noah so laut, dass manche der umstehenden Schüler sich erschrocken nach ihnen umdrehten. »Voll der Schul-Promi. Geht einfach so an mir vorbei. Das ist ja eine Ehre, dass ich dich so nah zu sehen bekomme.«

»Hey, Noah, schön, dich zu sehen«, versuchte Lucas, seine aufkommende Panik zu überspielen.

Noah schlug Lucas die Mütze vom Kopf, die er heute ausnahmsweise einmal trug.

»Super, Noah«, entgegnete Lucas und wollte sich gerade nach der Mütze bücken, als ein fremdes Mädchen ihm zuvorkam und die Mütze aufhob. Bevor Lucas sie wieder entgegennehmen konnte, wurde er von Noah gestoßen.

»Das ist jawohl ein Witz!«, tönte Noah noch lauter, und die ersten Mitschüler kamen interessiert auf sie zu. »Oder nee: überhaupt nicht witzig. Du bist generell überhaupt nicht witzig. Das, was du neulich abgezogen hast, war auch völlig für den …«

»Sorry, hab vergessen, dass du für die Witze zuständig bist. Immerhin bist du die größte Lachnummer in der Schule«, antwortete Lucas und wunderte sich selbst, woher er den Mut nahm, so mit Noah zu sprechen. Wahrscheinlich hatte ihn das Gefecht in der Fabrik gestern tapferer gemacht.

»Lachnummer?« Noah wurde rot vor Wut. »Ich geb dir gleich …«

»Müssen wir verschieben!«, fiel ihm Lucas wieder überstürzt ins Wort. »Ich muss los.«

»Das ist mir so egal!«, schrie Noah so laut, dass immer mehr Mitschüler auf sie aufmerksam wurden und näher herankamen. Eine riesige Traube hatte sich mittlerweile um sie gebildet.

Und endlich kam Noah zur Sache: »Hey, pass auf: Das, was du neulich gebracht hast, war völliger Mist, klar? Du Pfeife denkst, du hast es mir gezeigt? Von wegen! Du hast dich selbst verraten. Du hast auf Video nur festgehalten, dass du ein Feigling bist. Ein Weichei, das Angst vor ’ner kleinen Mutprobe hat. Du bist ein … ein … Versager! Eine Nullnummer! Eine Lachfigur! Ein …«

Die gespannte Aufmerksamkeit der umstehenden Schüler war so sehr auf Noah gerichtet, dass keiner von ihnen merkte, was sonst noch vor sich ging. Einige von ihnen hofften wohl auf eine schöne Prügelei am frühen Morgen. Andere überlegten vielleicht, ob sie einschreiten sollten. Immerhin hatte Lucas sich auch für viele von ihnen stark gemacht.

Tatsächlich aber fiel keinem von ihnen auf, dass sich in der Schultasche von Lucas etwas regte. Langsam und vorsichtig lugte dort nämlich ein dünner Ast hervor. Ein Ast, der sich ausstreckte und sich unerkannt am hinteren Hosenbein von Noah bis zu dessen Gürtel vortastete. Der Ast verformte plötzlich seine Spitze zu einer Art Sichel und zerschnitt mit einem Hieb den Gürtel der Hose.

Noah war dermaßen außer sich vor Wut, dass er den Ruck an seiner Hose nicht spürte. »Eine Flachpfeife bist du!«, schrie er weiter auf Lucas ein, als alle Umstehenden in schallendes Gelächter ausbrachen. Mit einem Mal hielt Noah inne.

Erst als er spürte, wie der Wind um seine Beine strich, blickte er nach unten, sah sich in seinen orangefarbenen Boxershorts auf dem Schulhof stehen, die Hose bis zu den Strümpfen hinuntergerutscht.

Manche Schüler schrien vor Lachen.

Noah wurde von einer Sekunde auf die andere blass, dann rot, dann wieder blass, dann lief er sogar blau an, weil er vergaß zu atmen.

Lucas sah noch, wie ein Ast in seiner Tasche verschwand, und verstand sofort, was hier gerade geschehen war. Er blickte grinsend zu Noah: »Wo waren wir stehen geblieben?«

»Du!«, schnaubte Noah und riss sich die Hose in die Höhe. »Duu!!«, brüllte er Lucas an und raffte seinen Gürtel. »Duuuuu!!!!«, schrie er nur noch, bevor er sich umwandte und davonlief, dicht gefolgt von Emma, die immer wieder rief: »Was war denn das? Wie hat er das gemacht?«

Die Schülergruppe löste sich lachend auf und ließ Lucas mit seiner Tasche zurück. Der flüsterte wie zu sich selbst: »Ich weiß ja nicht, was genau ihr da gemacht habt, aber: Vielen Dank!«

Ein fröhliches »Kracks« klang ihm als Antwort aus der Tasche entgegen, und ein kicherndes »Knick« tönte direkt hinterher.

Lucas lachte jetzt auch erleichtert auf. Er sah sich nach dem Mädchen um, das die Mütze für ihn aufgehoben hatte, doch sie und die Mütze waren verschwunden.

»Merkwürdig«, murmelte er, dann schulterte er seine Schultasche und ging auf den Haupteingang zu. Mit den Gedanken war er allerdings wieder nicht bei der Schule. Er träumte schon von den Abenteuern, die ihm von nun an wohl bevorstanden.

Über den Autor

© Copyright Pfitzner Consulting & Photography

Stefan Gemmel, geboren 1970 in Morbach, schreibt erfolgreiche Kinder- und Jugendbücher und leitet auch Literaturprojekte und Schreibwerkstätten für Kinder. Für seine ungewöhnlichen Lesungen, Lesenächte und Workshops, die er in Schulen und Büchereien durchführt, erhielt er zahlreiche Auszeichnungen. Er ist verheiratet, Vater von zwei Kindern und lebt in der Nähe von Koblenz.

Über den Illustrator

© Timo Grubing

Timo Grubing lebt und arbeitet als freier Illustrator im Herzen des Ruhrgebiets, in Bochum. Dort ist er vor allem in den Bereichen Kinder- und Jugendbuch, Schulbuch, Familienspiele und Comics tätig. Daneben arbeitet er regelmäßig für verschiedene Agenturen und Magazine. Wenn ihn nicht gerade ein Knubbelgeist von der Arbeit abhält, dann übernimmt diese Aufgabe – meist erfolgreich – eine seiner beiden Katzen.

Teste dein Wissen zu Artus' Tafelrunde

WIE GUT HAST DU AUFGEPASST?

1) **Wo befand sich der Sage nach die Tafelrunde, und warum trug sie diesen Namen?**

   a) Sie befand sich in der Kaiserpfalz in Aachen und hieß so, weil alle Gäste nach dem Essen immer kugelrund waren.

   b) Die Tafelrunde befand sich auf Burg Camelot und war rund, damit alle Ritter ebenbürtig daran sitzen konnten; das heißt, dass sie alle gleich viel zu sagen hatten.

   c) Das runde Schild, das als Tafel diente, stand in Merlins Büro. Dort schrieb er neue Zaubersprüche auf.

2) **In welche Zeit müssen Lucas, Li-Feng und Ole zurückreisen, um zu sehen, wie Artus das Tuch zerschneidet?**

   a) Laut der Sage war Artus im Mittelalter König von Britannien.

   b) Artus war ein römischer Kaiser, also reisen sie in die Antike zurück.

   c) Zwar lebte Artus viele Jahrhunderte, doch das Tuch zerschnitt er erst vor ein paar Jahren.

Der Code der Tafelrunde

An Artus' Tafelrunde saßen noch neun weitere Ritter. Doch weil ihre Namen verschlüsselt wurden, drohen sie von der Menschheit vergessen zu werden. Kannst du ihre Namen herausfinden?

Bei diesem Code wurde das Alphabet verschoben. Wenn im Code ein »P« steht, ist damit ein »A« gemeint. Und so ist der letzte Buchstabe des Codes das »O« hinter dem sich das »Z« verbirgt.

Zuerst musst du also den Code entschlüsseln, indem du das verschobene Alphabet aufschreibst:

A	B	C	D	E	F	G	H	I	J	K	L	M	N	O	P	Q	R	S	T	U	V	W	X	Y	Z
														Z	A										

Nutze nun den Code, um die Namen der Artusritter zu entschlüsseln. Der Name des Ritters Gawain konnte bereits gelöst werden: VPLPXC ➞ GAWAIN

APCRTADI ➞ ____________ ZTXT ➞ ____________

EPGRTKPA ➞ ____________ XLTXC ➞ ____________

IGXHIPC ➞ ____________ BDGSGTS ➞ ____________

VPAPWPS ➞ ____________ QDGH ➞ ____________

Welch ein Wirrwarr!

In diesem Durcheinander sind zehn Begriffe versteckt, die etwas mit der Geschichte zu tun haben. Kannst du sie finden? Kreise sie ein und notiere sie unten.

Die Begriffe verlaufen von oben nach unten, von links nach rechts und diagonal nach oben und unten.

E	C	S	A	O	D	I	Q	F	C	Y	T	D	E	R	K	Z	A	P	K
I	B	H	G	M	R	L	W	N	C	B	X	J	A	L	C	E	G	U	E
V	U	P	M	E	R	L	I	N	P	S	G	M	W	U	H	N	B	T	Z
H	A	L	Z	Q	A	G	Y	L	B	E	A	V	M	F	Q	A	X	C	X
K	O	C	J	F	T	A	S	H	S	L	Z	J	R	B	D	D	A	Y	G
C	W	K	Z	K	Z	A	Q	Y	A	W	E	F	Z	U	G	J	V	W	G
Z	P	N	N	Y	C	R	H	H	K	D	A	O	A	I	F	R	A	C	E
S	E	T	B	U	S	V	S	B	F	G	L	N	U	X	G	M	L	H	K
B	W	M	L	U	B	T	F	C	N	D	U	G	B	J	X	Q	O	T	O
N	Z	Z	L	J	E	B	H	R	G	T	A	F	E	L	R	U	N	D	E
F	P	E	G	B	K	I	E	V	F	Y	S	P	R	D	Z	L	J	I	L
J	C	I	D	D	B	E	V	L	H	O	B	E	S	I	U	K	V	Z	P
E	T	T	O	G	A	M	I	U	G	X	Z	J	C	A	M	E	L	O	T
Y	H	R	Q	J	F	P	W	T	A	E	H	W	H	X	F	A	M	W	P
I	H	E	D	I	B	R	C	V	J	Q	I	C	A	Y	S	C	Z	D	U
A	K	I	G	A	I	Y	L	Z	F	M	B	S	T	L	O	H	R	T	A
W	V	S	F	N	W	D	C	E	X	K	G	O	T	Y	J	Q	B	L	H
H	Q	E	U	Z	L	P	X	H	S	T	F	P	E	E	U	M	J	E	V
P	Z	N	A	T	H	A	N	A	E	L	I	A	N	R	R	Y	K	D	I
F	V	M	R	D	T	J	E	X	V	C	N	K	W	I	O	F	B	S	G

Doppelt hält besser

Hier wurde ein Code gleich doppelt verschlüsselt. Zuerst musst du mithilfe der Hinweise herausfinden, welche Wörter in den waagerechten Spalten gesucht werden. So erhältst du am Ende das Codewort in der senkrechten Spalte.

1) Auf dieser Burg herrscht Artus.
2) Shalamar und Nathanael waren Schüler von ...
3) In diesem Schulfach ist Lucas sehr gut.
4) Damit treffen Lucas und Ole zielsicher.
5) Wo Licht ist, ist auch ...

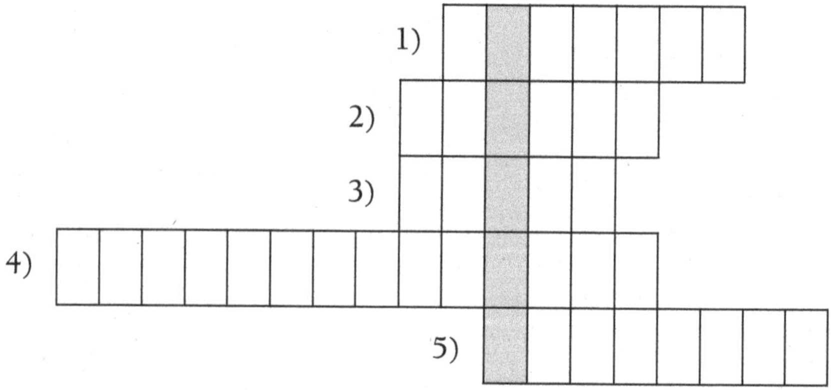

Das Lösungswort lautet: ______________________

MEISTER DER ZAHLEN

Mathe ist Lucas' Lieblingsfach. Deshalb liebt er Rätsel, bei denen es um Zahlen geht. Bist du auch ein Meister der Zahlen und in der Lage, dieses Rätsel zu lösen? Hier siehst du Zeichnungen von Lucas, Ole und Li-Feng. Jede Figur steht für eine bestimmte Zahl. Finde die Zahlen heraus und löse damit die letzte Gleichung.

Lucas = _____ Li-Feng = _____ Ole = ______

Endergebnis = ______

Lösungen

TESTE DEIN WISSEN ZU ARTUS' TAFELRUNDE

1) b)
2) a)

DER CODE DER TAFELRUNDE

Das sind die Namen der Ritter: Gawain, Lancelot, Parceval, Tristan, Galahad, Keie, Iwein, Mordred, Bors

WELCH EIN WIRRWARR

Die gesuchten Wörter sind: Zauberschatten, Knubbelgeister, Merlin, Tafelrunde, Lucas, Shalamar, Nathanael, Avalon, Camelot, Zeitreisen.

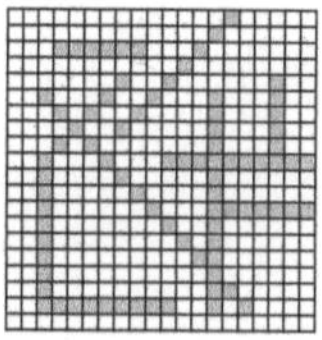

DOPPELT HÄLT BESSER

In den waagerechten Spalten wurden folgende Wörter gesucht: 1. Camelot, 2. Merlin, 3. Mathe, 4. Steinschleuder, 5. Schatten. Das senkrechte Codewort lautet: Artus

MEISTER DER ZAHLEN

Lucas = 20, Li-Feng = 5, Ole = 2
Endergebnis = 102 (Beachte die Punkt-vor-Strich-Regel!)